嶗山悲歌

◉張祖詒／著

聯合文叢
679

目次

【發行人的話】

嶗山悲歌 出版序

——挑戰金氏世界紀錄

張寶琴

《嶗山悲歌》是張伯伯祖詒先生在二〇二一年一月二十一日完成手稿。此時張伯伯實足年齡是一百零二歲又一百七十七天。

根據金氏世界紀錄（Guinness World Records）目前世界上最年長的男作家（Oldest Male Author）是吉姆・唐寧（Jim Downing），他出生於一九一三年八月二十二日，於二〇一六年二月十五日將著作《恥辱的另一面》（*The Other Side of Infamy*）交給出版人出版，當時唐寧先生實足年齡是一百零二歲又一百七十六天而創下了金氏世界紀錄。

張伯伯出生於一九一八年七月二十六日（農曆一九一八年六月十九日），於二〇二一年一月二十一日完成手稿，並交給「聯合文學出版社」編印出版，此時張伯伯已打破金氏世界紀錄，而刷新紀錄，有足夠資格登上「最年長男作家」的新紀錄，也是中華民國在台灣第一人在「金氏世界紀錄」上創造此項紀錄者。

「聯合文學」作為出版者，是榮幸更是責任。

如何向「金氏世界紀錄」提出申請，在摸索中展開，作者手稿完成打字稿，三月二十日開始，由編輯尹蓓芳多次網上申請，都無法送出，之後實琴發行人在辦公室電腦上多次提出申請，莫名其妙地居然於四月十九日下午3:32分成功送出申請。

二天之後，四月二十一日下午5:49分收到回應：「首先感謝您申請吉尼斯世界紀錄，我是吉尼斯世界紀錄大中華區商業部門的客戶經理，冉婧。我們希望您能進一步與我們分享一些紀錄申請相關資料，以幫助我們進一步判定這個申請是否有可能成為吉尼斯世界紀錄。收到您的資料之後，我們會與內部相關部門溝通，然後進一步給您回覆。……」

目前由編輯尹蓓芳持續聯絡中，不論是否正式列入金氏世界紀錄，但可以確定的是張祖詒先生著《嶗山悲歌》一書，已打破原有紀錄，成為「世界上最年長男作家」，實足年齡是一百零二歲又一百七十七天。（如按出版日期計算或將超過一百零三歲！）

《嶗山悲歌》老式愛情的感動，用愛情小說體裁，借用父女、男女對話來探討宗教、因果循環、宇宙奧祕、人生價值……等問題，輕鬆中有沉重。

從張伯伯一生中，我看到一句成語：「大德者必得其位，必得其祿，必得其名，必得其壽。」

我很高興，聯合文學出版公司，在最近四年四個月中，連續為張祖詒伯伯出版了《現代逍遙遊》、《不亦快哉集》以及這本《嶗山悲歌》三部大作，深以為榮。

聯合文學發行人
張寶琴於二〇二一年五月六日

【推薦序】

結於情者深

李瑞騰

張祖詒先生這部小說以「嶗山」命名，我一下子便想起蒲松齡和他的《聊齋志異》。蒲是淄博人，距青島之嶗山二百餘公里，他曾於康熙十一年（1672）與高珩、唐夢賚、張紱等八友暢遊嶗山，有七古〈嶗山觀海市作歌〉傳世；其著名小說《聊齋志異》有〈嶗山道士〉、〈香玉〉以嶗山為場景，今太清宮逢仙橋之右下方立有蒲松齡石雕像。

〈嶗山道士〉（台灣的高中國文課本有收，作〈勞山道士〉），嘲諷慕道者不願吃苦，求術不求道，貪圖近功，注定失敗；留下「穿牆術」的故事，對於道教名山之於「道」，有正本清源的警世作用。而〈香玉〉為淒美的愛情故事，實乃「悲歌」，我直覺可以拿來和《嶗山悲歌》類比。

〈香玉〉以嶗山白牡丹和耐冬（山茶）的傳說為題材，寫黃生與白牡丹花妖香玉的婚戀故事，後白牡丹被人偷掘，香玉失蹤，書生終日傷痛，憑弔時遇山茶花所化的紅衣女絳雪，一同哭悼香玉，花神被感動，使香玉復生。黃生死後化成牡丹花下的赤芽怒生，終長成高大之樹，卻被不知愛惜之道士斫去。白牡丹和山茶花於是也相繼死去。

《嶗山悲歌》寫民初趙孫二官宦之家兒（趙厚仁）女（孫用和）的情愛受挫重創故事，大背景是從民國建立到八年抗戰（二戰）結束，場景從中國（北京、上海、青島、鄭州等）到美國（紐約、綺色佳、緬因州）、北歐的瑞典等地。

〈香玉〉是人妖戀，《嶗山悲歌》是正常男女情愛，都愛到入骨，都深嘗愛的滋味，也備嘗相思之苦。他們的愛情都受到摧折，〈香玉〉先是香玉原型白牡丹被偷掘，後是黃生精靈所化之樹被砍；《嶗山悲歌》先是用和在紐約為日籍街頭賣藝青年強暴，自戕未成，遁至瑞典為修女，最後竟得子宮頸癌，後是厚仁在嶗山與該日人相遇鬥毆，擊斃之，卻遭日軍嚴刑拷打幾至五臟俱裂。

二部作品的主場景都在嶗山，一是下清宮，一是嶗山小築；前者為道教，後者為天主教，其誠則一。兩情相悅中，前者有詩為媒，當然是舊體，後者為中文新詩與創作歌曲；前者有香玉義姊「絳雪」，後者有用和同父異母之小哥「用濟」，於雙方情愛皆為正向濟助之力量，相對於男女主角之熾烈，則顯理性沉著。

黃生死後魂寄卿側，而厚仁與用和「生不同衾，但死可同塋」。〈香玉〉篇末有「結於情者深」的評論，又說「人不能貞，亦其情之不篤耳」。我想，這應該就是二者共同的主題吧，《嶗山悲歌》另有「國族讎恨」，對於祖詒先生那一代人，當是刻骨銘心之記憶。

（本文作者為中央大學中文系教授兼人文研究中心主任）

前言——代作者自序

這本書是作者一生中所寫的第二部長篇小說，大概也是最後一本。距我第一次嘗試寫了一本《寶枝》出版（三民書局）已有六年。當時年已九十七歲，並未期望再作一次嘗試。

可是近數年中，又連續寫了二本散文集，都承聯合文學社先後贊助出版，其中《不亦快哉集》是於二〇一九年八月問世，那時我的年齡，實已超過一百零一歲，乃蒙聯合文學發行人張寶琴女士積極鼓勵，力促本人如果能於二〇二一年一月二十日之後，再交一本作品給聯合文學出版，將可打破世界最年長作者的紀錄。

老邁如作者，豈敢妄作追求這項冠冕的奢望。因為作品的良窳，不在作者的年齡，而在作品的實質。但感謝張發行人和聯合文學的編輯同仁一再給我打氣，盼我再作一次嘗試。於是我不能不開始為本書作了規劃，勉力進行撰寫。其間因作者心臟病發，動了手術，三進三出醫院，以致遲延寫作，直到今天全稿完成。

中國小說的淵源，起始甚早，可以追溯到先秦時代，莊子的〈外物篇〉中，首先就有「小說」二字的出現。其後經過歷代文化的演變，今日的小說已是現代文學中不可或缺的一類。

姑且不論小說的孕育過程，但小說的胎源，早先大多出於稗官，也就是把街談巷議、道聽途說都可作為小說取材的來源。而且後來許多小說作家，慣用繪聲繪影或戲謔嘲諷的筆調敘事，以吸引讀者的興趣。因之故事的真實性和正確性自難與正史相比，但小說作品，足以反映社會風氣及人文素養，則猶過之而無不及。

筆者並非擅長創作小說的文學家，只能以百年所見所聞作為寫作背景。雖然書中的人和事，皆屬虛擬，但所採題材，必能符合時代現象的真實；人情義理的表達，也能力求無違邏輯的原則，這也是本書作者一貫寫作不尚浮誇而重樸實的基本態度。

美國大文豪馬克・吐溫曾說：「真實世界遠比小說荒謬，因為小說是在一定邏輯下進行的。」誠哉斯言，不僅小說作家應可奉為圭臬，舉世政治人物，亦應引為警惕，不亦然乎？

本書敘述的故事，發生於晚清末代、民國初立、以至中日戰爭的結束，時隔久遠。但願讀者閱後不致產生今昔扞格之感，不勝幸甚。又本書抱病完成，咎誤難免，敬請讀者朋友不吝指正。

最後、也最重要的，要向國立中央大學中文系李瑞騰教授對本書惠賜推薦序文〈結於情者深〉，以及淡江大學中文系林黛嫚副教授賜寫跋文〈觀看《嶗山悲歌》的一種方式〉，謹表最高敬意和謝意。同時對於聯合文學出版公司張寶琴發行人的熱忱鼓勵和支持，敬致誠摯的感謝。以及周昭翡總編輯和尹蓓芳資深編輯的全力協助，使本書順利出版，致上由衷的感激。

張祖詒 二〇二一、五、二一

嶗山悲歌

國族讎恨下一對情侶淒涼結局的故事

前　奏

大地大地，究竟地有多大？
我已走遍海角天涯，
窮盡地老天荒之力，
還未找到何處是她。
大地大地，妳的極端究竟在哪？
縱使那是無底深淵，
我必勇往直前，絲毫不會害怕，
只要我能尋找到她。
琴音相思也好，夢裡相會也罷；
不管人生有限，時空無限；
唯願靈犀一點，
讓我全部歸屬於她。
我一生愛的就只有她，只有她。

引子　傳奇性的顯貴家庭

叢林深處，傳來斷斷續續的吉他琴音和沙啞低沉的歌聲，頗有悲愴淒涼之感。路過的人，聽到那樣辛酸的音調，無不停步搖頭，對著林內的一座小屋，嘆一聲氣，有些憐惜，更多無奈。只能緩步走開，甚至不忍回頭對那小屋多看一眼，多聽一聲哀曲，好像人間的不幸，隨著那音響正在擴散。

那座小屋，位在嶗山的半山腰，一片面積並不很大的平地，面臨浩瀚的黃海，背倚蒼鬱的森林，是富人們的避暑勝地。清末民初，北洋政府軍閥袁世凱統治時代，有一個袁的親信，做過國務總理，姓趙名志恩的政客，在這兒買了那塊土地，蓋了一所小屋，名之為「嶗山小築」，原來打算告老致仕後，在此度其餘年之用。不料一九一四年在直隸總督任內，突然中風猝逝，他膝下無兒女，曾過繼堂兄男孩為嗣子，取名厚仁，趙氏夫婦愛如親出。趙志恩過世時，厚仁年僅五歲，一直由寡母錢氏撫養。

小屋內飄出的淒涼歌聲，正是那位未老先衰的趙公子，因未婚妻失蹤多年，走遍半個地球，找尋不到，在心力交瘁之餘，隱居嶗山小築內，整日自彈自唱，哼他自編的〈大地〉苦歌，不論晝夜，無休無止，唱到聲嘶力竭，直到精神不濟、頭頸下垂陷入半眠狀態，在朦朧中恍惚回到了童年。

那是民國新立的年代，也是混亂不堪的年代。出身顯赫官宦世家，清末時做過山東巡撫，民國後當過外交總長兼代國務總理的孫莫寒，娶有五房妻妾，生了八個兒子、十個女兒，無疑是個不折不扣的豪門大家。一九一二年，他年方四十五歲，又逢民國建國元年，更是他第十個閨女出生雙滿月，而且是他最寵的五姨太柳氏所生。由於喜事連連，孫府以慶祝民國誕生為名，在中秋節前夕，舉辦盛宴，一時賓客盈門，當時的權貴和巨賈，無不蒞臨道賀。

趙公子隨著他父母親，從西長安街大將坊胡同他家出發，乘坐雙駒馬車，由車伕駕駛，逕往閣老胡同，不到二十分鐘，車已抵達孫府大院。那時北京的大小胡同，不下數千條，還都具有許多傳奇性的故事。例如歷代考場所在地稱為貢院胡同、錢莊集中所在的稱錢氏胡同、明朝錦衣衛所在的稱為東廠胡同，類似的豆腐胡同、織染局胡同、磨刀兒胡同……等等，千奇百怪的胡同名稱，不一而足。其實所謂胡同者，不過就是道路街巷的代稱而已。孫府所在的閣老胡同，便是明朝正德年間宰相李東陽曾經居住而名。這類代稱歷經數百年，受到北京人的喜愛，從未改變，或與「胡同」的發音好聽，不無關係。

北京老胡同大多是東西走向，每條胡同的南北兩側，大多是府第宅院，這些當然只指重要精華地區而言，像孫府寓邸就是三進三廳的豪宅。那天趙公子跟父母去到孫府，光是大門的第一道門檻就有一尺來高，以他三歲年齡，要他跨過還有點困難，幸好靠著父母在兩旁提攜，終算到達盛筵的大廳。

大廳內已是冠蓋雲集，最受注目的當然是主人孫大爺和他的一妻四妾，特別是最受寵的第五位如夫人柳氏。她一身珠光寶氣，雙手抱著剛過雙滿月娃娃女嬰讓賓客們觀賞，個個稱讚這位幸運的嬌娃閨女，長得眉清目秀，未來一定是位天仙美女。孫大爺哈哈大笑，樂不可支，當場宣布她的乳名叫「小全」，當然因她是第十個女兒，有十全十美之意。她的學名則是「用和」，「用」字是孫家兒女那一輩的排行，「和」字則不言可喻，乃有平安祥和的含義，大家拍手稱好。

趙公子厚仁雖只三歲，也急著踮起腳尖，想看娃娃的相貌。五姨太順便俯身將抱著的小女嬰降低高度給他看看，想不到剛被命名為「用和」的娃娃，竟會對著趙厚仁綻開了笑容，兩顆圓圓明亮的小眼珠還不停轉動，似乎很想跟趙公子要講話的樣子，逗得兩家父母哈哈樂笑，皆大歡喜，甚至彼此心中認為，莫非是雙方將成親家的吉兆。

誰知這一笑，固然給兩個孩子種下了未來愛的根苗，卻也設下了天羅地網，甩不開悲歡離合的糾結，演出了一齣「人間苦戀多遺憾，美果只許天上有」的悲喜劇，落幕時觀眾的淚水，還不知是悲極而泣，或是喜極而涕。

第一章　一笑之緣

北京市私立匯文中學，是一所歷史悠久，教學嚴謹、設施完善的完全中學，早先原由美國教會創辦，當時名稱是「蒙學館」，以授四書和《聖經》為主，因為辦學認真，學生人數不斷增加。到了民國建立，改採新制，再到國民革命軍北伐統一，乃由教育部核定，改校名為「京師私立匯文中學」，也被北京中上家庭一致認定，須把子女送進該校就讀的最佳中學。

趙家公子，從他父親在他五歲時過世之後，嗣母錢氏愛之甚深，決心要把兒子好好教養。其時趙家門庭雖漸冷落與其他權貴家也較少往來，但錢氏望子成龍之心，不稍懈怠。厚仁人如其名，資質聰穎，性格敦厚，果然在一九二五年考進了匯文中學高中部，母親大喜，在他秋季開學之前，特地攜他前往青島，居住「嶗山小築」，並往膠東半島各地遊覽，以示獎勵。

「嶗山小築」雖已多年無人居住，但陳設依舊，且有老管家忠僕王福在此管理，所以還仍保持昔時樣貌，趙厚仁對之也很喜愛。母子兩人離開了京華煙雲的繁囂，來到秀麗的山海之間小住，心情愉悅。一個月明晚上，母子二人在庭院對坐聊天。王福沏了一壺新茶，放在小圓桌上，一邊還用一把大蒲扇，不停搧搖，驅趕蚊蠅。趙夫人看著孩子已漸長大，心想他將來會做什麼，於是開口問道：

「仁兒，你希望未來幹啥行業？像你爸一樣做大官，還是開公司當大老闆？」

厚仁想了一下回答：

「報告媽，說實話，我現在根本還沒有任何打算。不過我絕對不想當大官，也不想當大老闆，因為無論官場商場，都在你爭我奪，太辛苦了。」

媽覺得兒子無大志，於是再問：

「那你想幹什麼呢？」

「現在我還懂得不多，不敢斷定將來會幹哪門行業。不過我對蓋房子、造橋梁蠻有興趣，說不定將來上大學會考建築系，或者上美術系，因為我也喜歡美好的事物、美觀的景色。」厚仁小心翼翼，誠實又謹慎地回答。

趙夫人對兒子敦厚的性格有所瞭解，所以對兒子的答話，尚無不滿，但繼續又問：

「那你喜愛哪樣的女孩子呢？在學校有女朋友嗎？」

「現在我還年輕，沒有交女朋友的意思。至於喜歡哪樣的女孩，我也不清楚，但我覺得，能有笑臉的女孩，就是最美的女子。」厚仁這次倒是發自內心的答話。

母子一席對話倒讓趙母略有內疚，心想過去對趙老爺，現在對兒子，似乎都少了些笑容，如果多些笑臉，或許老頭不會走得太早，讓兒子童年失怙，內心不免稍感自責，因之語氣較為溫和地說：

「對啦，你說得沒錯，現在還年輕，讀書要緊，有了學問，幹什麼都行。之後進了高中，千萬要做好功課，拿得好成績，讓媽高興。」

「是，我必聽從媽的話，好好用功讀書。」

其實母子對話，雖有交心意味，但兒子所說的「笑容」，卻是意在言外，只是為母的未曾覺察，沒有體會而已。

再過三天，開學在即，母子結束度假之例，回到北京。

趙厚仁由母親陪著前往崇文門內船板胡同的匯文中學，辦理新生入學報到、註冊、繳費、編班、領書等等一應手續。由於學校離家稍遠，所以趙母決定讓兒子住校，以免每日往返，耽誤讀書時間。寄宿的校舍，是座新建的三層樓房，門上有三個字「高林齋」，聽來頗為雅致，進到裡面察看，寢室寬舒明亮，一室四個舖位，清潔整齊，母子都很滿意，於是厚仁選了二樓靠窗第一個舖位，母親覺得放心。然而當厚仁打開書包把所領書本放在床上時，不禁嚇了一跳。原來所領書本中竟有七、八本書全是英文原版，包括英、數、外國史地等，顯示未來這幾門功課，都將要用英語教學。母親在旁見了，擔心兒子功課繁重影響健康，但趙厚仁很有信心地對母親說：

「請放心，我會把每門功課都得滿分。」

趙母聞後，欣然離開學校回家。

二天後，匯文中學正式舉行改制後的開學典禮，地點設在寬廣的操場，東邊由初中部全體女童子軍，穿著童軍制服，整齊列隊排立，看來個個英姿煥發，朝氣蓬勃。匯文在北京享有美譽，這些女童軍的巾幗精神，應有不小貢獻。

正中講台西邊，站的全是高中部的男生，依班級排列，高一新生站到前三排，後面分由高二高三同學依序排列，教師職員等坐在台上。典禮開始，先由校長講話，以校訓「智、仁、勇」三字勉勵學生，闡釋「智者不惑、仁者不憂、勇者不懼」的道理，期望學生都能勤學勵志，成為好國民。校長講話完畢，東邊女童軍教官快步站到台前，向校長行三指舉手敬禮，帶領約有百名的女童子軍，齊步走到操場正中，舉行童軍技能演練，由於行動整齊劃一，技能操作熟練，獲得全場師生的熱烈鼓掌。

其時立在西邊的高中部學生，站在第一排學生，看得最為清楚，其中趙厚仁突然注意到女童軍中有一隊員步伐齊正、動作靈活，而其最大特異之處，是在整個操練過程之中，自始至終一直保持微笑的臉容。讓他直覺地感到，這一笑容似曾相識，但他不能記憶這樣感覺來自何時，來自何方。

過了二個星期，趙厚仁在中午休課時間，走進學校的圖書館，預備在閱覽室溫習功課，卻意外地迎面遇見一位女同學，臉上就是露著一絲笑容，正是開學典禮上他所注意的那位女童軍，因之不禁「啊」了一聲，而那位女同學依然微笑回了一聲「你好」，並且退後二步對著趙厚仁上下打量，厚仁稍感侷促，於是首先表示說：

「我叫趙厚仁，百家姓裡第一姓的趙，厚薄的厚，仁義的仁，請問貴姓？」

女生聽了，不由自主，把笑容變成了笑聲說：

「難怪，我們應該算是相識十多年的老朋友了，我的名字是孫用和，趙錢孫李的孫，有用無用的用，和平的和。」

也許這是天意使然，趙厚仁想起當年孫用和出生雙滿月時，被抱在襁褓中的嬰兒娃娃，對他露出可愛的一笑，被當時的長輩貴賓們傳為佳話。之後因厚仁父親早逝，孫氏又屢被任命為駐外大使，留京時間不多，孫趙兩家來往因之漸疏。但那一笑的故事，兩人常聽兩家母親提起，所以兩人的名字，彼此都有印象，不過從未見面，即使在同一學校，也是各不相識。直到開學典禮時，趙厚仁被一位女童軍的笑容所吸引，兩人也還不知姓甚名誰，此刻在圖書館偶然相遇，因屬意外，可是互道姓名之後，確實彼此都有一見如故的感覺。於是兩人就在閱覽室內坐下，詳談往事。頓時把他們的友情，拉近得全無距離。

自此以後，每週二、五用畢午餐，就在這裡同一地點見面。用和在課業上任何難題，厚仁都幫她解答，即使課外讀物，也常互相交換心得，情同兄妹，毫無隔閡。

某日，他們又在圖書館會面，厚仁看到用和手上拿著一本精裝書，便問：「你拿的看來不像教科書，是小說書嗎？」

「我正要向你請教，這是法國作家所寫的名著小說《茶花女》的中譯本，我已讀完，確是一本很好的小說，也是令人感動的好書，我已經為瑪格麗特和阿蒙流了很多眼淚，所以我覺得這本小說的唯一缺點就是讓人流太多眼淚。我想知道你有無讀過這本小說，而你們男人讀了之後，又有什麼感想？」用和邊說邊問。

「我是看過這本小說，我想讀者中流淚的大半多是女子。因為一般來講，女人比男人富於感性，尤其小說中如果受苦難或被欺凌的是女性的話，女性讀者基於同情心，必定用眼淚為她伸冤。其實像我這樣男生的讀者，比較會有不同的看法。」厚仁答。

用和好奇地對著厚仁問道：

「那你有怎樣的看法呢？」

「我認為小仲馬寫這本小說，並不是專要賺人眼淚，而是可能出於三種動機。其一，小仲馬的父親大仲馬也是著名作家，兒子把他和女友瑪麗的戀情寫成《茶花女》劇本後，在舞台上演出一舉成名，他就跟父親大仲馬說：『人家以為是你的作品哩』，可以想見，小仲馬寫作時頗有想跟父親在文壇上較量的雄心。其二，他對十九世紀法國宮廷政治的腐敗，社會上貧富懸殊頗為不滿，因之借一個弱女子被貴族公子玩弄，甚至成為買賣的商品，極為憤怒，於是他把劇中女主角瑪格麗特落到貧病交迫時，寫得格外可憐，來暴露當時社會的冷酷。其三，小仲馬和其鄰家女瑪麗確有一段戀情，最終因多角關係而告失敗，小仲馬悲痛之餘，想藉寫作抒解苦悶。我這三段論，不知你以為如何？」厚仁說了長長一大篇。

「這些都是你們男生的思想，我不想和你辯論。倒是你手中也拿著一本書，是誰的著作？」

「你大概想不到罷，這也是十九世紀中葉歐洲的一本名著，作者是英國的一位名叫艾蜜莉・勃朗特的女作家，書名是《咆哮山莊》。可惜這位女作家英年早逝，所以她一生就這一部著作。」

「那你能不能講講書中故事的大概內容？」

「我還沒有全部看完，主題是描述人的報復心理，等我過些時候再和你討論。」厚仁答道。

兩人時相切磋讀書心得，已成習慣。

趙厚仁發育健全，長得英俊挺拔，秉性寬厚；孫用和正在含苞待放，已然婷婷玉立，有甜美的氣質，在同學們眼中，大多認為他們是絕妙的一對佳偶。然而匯文中學校規嚴謹，雖是男女學生兼收，但絕對禁止男女同學在校內談情說愛，或私相約會等情事，以致他們經常相約會面，被有些酸葡萄的同學向學校訓導處檢舉，指他們的行為是在戀愛。於是訓導主任開始監察趙、孫兩名學生的課外活動，並分別傳喚他們到訓導處問話。兩人答詢完全相同，他們會面乃是在圖書館閱覽室公開場所探討功課，並無談情說愛。訓導處認定他們行為正常，教務處也查證二人學業成績優良，所以學校當局除了告誡他們會面不必過於頻繁及場所限於圖書館之外，並無其他處分。同時校方也清楚，他們都是權貴家庭子女，從寬處理較為適當，因之校內一場小小校紀風波，算是平息。

這一風波，雖告平息，但對趙厚仁與孫用和二人的心理卻有不小的沖激，也有特殊的感觸。只因他們兩家原是二代世交，幼時又曾有過一笑之緣，但後來二人從未晤面。直到匯文中學相遇，彼此互道姓名之後，很快就滋生了兄妹之情，即使二人經常在圖書館會面，也僅是學長和學妹之間切磋課業的友誼。然而被控戀愛風波後，二人內心倒是同樣產生了若干問題：我們是在相愛嗎？什麼叫做戀愛？初戀是什麼滋味？這些新鮮又好奇的問題，在他們一知半解和茫然迷惑的疑問下，無形中在二人內心中潛在了一枝「愛」的根苗，而且正在漸漸成長。因之在後續的會面時，反似覺得二人之間飄著一層薄紗，隱約若有屏障，但在久未見面時，明明彼此都有深深想著對方的思念。難道這就是愛的萌芽？厚仁個性敦厚，見面時有些拘謹，用和性格比較開朗，一直仍保持特有的笑容，首先就問：

「近來好嗎？許久不見，有點生疏嗎？」

「不會，只是準備期末考試，有點緊張而已。」

「用不著吧，以你平時的用功，還怕考嗎？喔，你手上拿的是本什麼書？」用和又以爽快的口氣問道。

「這本就是上次談過的《咆哮山莊》，早就看完，本該三個禮拜前就應繳還圖書館，但我仍舊喜歡時常翻閱，思考一些問題，因之遲未繳回。現在將要學期考試，不能不送還圖書館。」

「那麼這本《咆哮山莊》對你很有吸引力嗎？」用和又問。

「因為讀了之後，有些人性問題一直在我腦中迴繞，所以把它留著重複看看。」厚仁誠實地回答。

「有那麼重要嗎？」由於他們二人談話，時常喜歡追根問柢，所以用和再問。

「不是重不重要，而是這本書把人類素質的醜陋部分寫得淋漓盡致，過於恐怖，把仇恨、敵對、報復、暴虐、侵占、掠奪等等種種惡行，毫無掩飾，甚至把愛情婚姻當作買賣交易的工具統統寫成小說材料，這樣的故事，好像專為『人性非善』主張作背書，甚為殘酷，讀後一直納悶，為何這樣醜化人性的著作，成為最佳讀本或劇本。」厚仁說了一大堆理論，作為答覆。

「那就請你暫勿繳還這本書，讓我在寒假期內，也能細細閱讀，好嗎？」用和又問。

「免了罷，我們專心複習功課，準備期考行嗎？」厚仁很少這樣直率並作否定性回答。

實則二人都覺得時間過得太快，下午第一堂課的鐘聲已經響起，捨不得，但不得不揮手分開，可是臨別前，二人很快得到協議，在期考完畢後，再在圖書館作本學期最後一次的會面。

不久大考結束，時近年終，全校學生紛紛都作歸計。趙厚仁與孫用和分別在即，下意識中好像將會很久不見，而有依依不捨之感，顯示那棵愛苗已在彼此心中成長。這種甜蜜又神祕的美感，二人已有共同的認知，也在共同分享，所以二人都同意暫勿將二人在滙文相遇和感情發展的經過，向家長報告，儘可能延長保密期間，享受剛剛嘗到初戀的滋味。

一幕人間罕有的淒涼悲劇，卻是只許天上有的喜劇，正在慢慢展開。

第二章　初嘗愛的滋味

新春元宵剛過，學校寒假結束，新學期開始恢復上課，同學們紛紛回校互賀新禧，氣氛忻愉。

趙厚仁與孫用和兩人再度會面，當然格外高興。厚仁首先問好，並向孫伯父、伯母、諸位媽媽候安。用和卻俏皮地回答：

「厚仁哥，你怎學會這樣多禮，那我必須也要還禮，問趙媽媽好。今天倒是有件要事相告，對你我二人都很重要。」

「什麼大事?請快說。」厚仁急切地問。

「我家將要南遷上海，最後這一個學期能否讀完，還不知道。」用和不等厚仁細問緣由，很快從書包內找出一張潔白信紙遞給厚仁。然後繼續說道：

「今後我們恐怕不能時常見面，想必彼此都會思念，我不敢思想這個問題，但在寒假期間，學習寫了一首白話新詩，及不及格？請你看看。」

厚仁接過紙張，開始細看，正欲開口問話，卻被用和阻止，且說：

「請你慢慢地讀，但要讀出聲來。」

於是厚仁只好調整坐姿，清一下喉嚨，照著紙上詩句，低聲逐句誦讀：

人道相思苦，我說相思甜。
為何要相思，只因難見面。
見面是在眼裡，相思是在心田。
寄語意中人，不要苦相思；
千里等於咫尺，才知相思多甜。
即使伊人遠在天邊，甜甜相思更勝見面。

厚仁讀完之後，伸手緊握用和雙手，輕輕說：

「我會想你。」

用和反過手掌，同樣緊握厚仁雙手，同樣細語說：

「我會想你。」

兩人雙手緊握，不曾放鬆只是相對微笑。情苗在二人心中，正在開始分泌初戀的芬芳，四眼相對，發出明亮的光芒，分明都已墜入情網，但二人似乎尚未自覺。由於正有幾位同學走進圖書館，厚仁立即儆醒，鬆了雙手問道：

「你們孫府要南遷，是什麼原因？可以告知嗎？」

「我爸爸辭去國務總理和外交總長職務後，本想從此休閒，頤養晚年。可是最近段祺瑞執政要請他去上海，派他當什麼『淞滬商埠督辦』，爸爸並不想去，但推辭不掉。後來爸想，南方氣候比較溫暖，去那邊對老年人生活合適些，因之我想他可能會考慮接受，那麼我家便要南遷。」

厚仁聽了用和說明以後便說：

「看來你家真的會遷上海，我們真的要分離，也就是真的要受相思之苦了。」

「我剛才給你看我寫的新詩，意思就要讓你不把相思當苦，要經得起久久的、甜甜的相思，不是嗎？」

「是，我會學習胡適在民國八年所寫小詩中說的『幾次細思量，情願相思苦』，再學你的相思甜，行嗎？」厚仁學會了說好聽的話。

用和點頭，又展示了她特有的笑容。

過了幾天，二人再會面時，用和告訴厚仁說：

「我家南遷的事，大概已經確定。我聽我媽說，老爸跟大媽商量之後，決定接受上海那個職務，所以遷家勢在必行。並且還作決定，由大媽和我的媽媽陪同爸去上海居住，三媽則留北京管理大宅院。」

「那麼南行大概是在什麼時候呢？」厚仁問。

「據我媽說，時間大約在四月中，那時我快要參加畢業考試。」

厚仁聽了之後，皺著眉頭覺得事情不很簡單。對用和來說，學業與父命兩者之間如何兼得是個難題；對他們二人來說，一旦真的要長期分離，畢竟深感不捨。想了一會終於說：

「這事關係重大，當然長輩們的決定不能違背，但我想有一件事應該先做。」

「什麼事？」用和急著問。

厚仁再慎重思考了一下，然後答道：

「我們在學校相遇，以後感情發展的經過，為了享受神祕的滋味，至今保密，直到現在都未向家長報告。可是現在分別在即，如果繼續隱密，那以後連書信往來，都會不便。所以我認為現在是個很好時機，你我都向家長從實稟報，懇求他們允許，讓我們的友情，繼續進行，然後我們才可通信，你覺得我的想法怎樣？」

用和也作慎重考慮，然後回答：

「你的主意很好，也很正當，我完全同意。那我們就分別朝此方向進行。」

二人思維一致，頗有默契，理當得到祝福。

時值初夏，天氣晴和，厚仁選了一個星期天，陪伴母親作郊遊，雇了一輛雙人座馬車，直駛北京東城區的天壇。這兒是明代以來，歷朝皇帝每年祈天、祈雨、祈穀的聖殿。壇址占地廣闊，區內花木扶疏、道路寬整平坦，可容車馬通行。壇座上龐大宏偉的祈年殿，是中國歷史上一座著名建築物，具有多種特殊功能，頗為壯觀。趙厚仁和他母親以前從未來過，這次初遊，格外覺得新奇，母子心神舒暢，厚仁把握機會，向母親問道：

「媽，您還記得十多年前，爸和您帶著我去閣老胡同孫府，賀他們小千金出生雙滿月那會事嗎？」

「嗯，我記得。」

「您還記得小女嬰對我笑了一下嗎？」

「對，是有那麼件事，你問這些幹嗎？」

「因為那女孩成了我的同學，我在高中部，她在初中部，她的名字叫孫用和，有一次我們偶然在圖書館遇見，互道姓名，以後成了很好的朋友。」厚仁回答。

接著厚仁把二人感情發展經過，全部向嗣母錢氏一一稟告。又把孫府近將南遷，用和也將隨之搬到上海的情形說明，懇求母親同意他們的意願，准許他們今後互通書信，保持友誼。

趙母錢氏雖未接受完整教育，但為人處事通情達理，不但同意兒子的全部請求，並且認為孫趙兩家久疏往來，現在孫家即將南遷，理應前往拜候致意增進舊誼，厚仁聞後高興萬分，也感激不盡。

另外一邊，用和回家以後，只見父親每日忙進忙出，不停接見賓客或接聽電話，幾乎沒有機會抓到父母同在一起的時刻，所以只單獨先向母親柳氏報告。柳氏雖是孫大爺最寵的愛妾，也想起十多年前女兒在襁褓中一笑的往事，但對女兒的愛情大事，不敢擅作主張，因之對用和的請求只能表示她不反對。至於老爺子是否許可，要等老爺子進到她的臥房時，再作商議。

隔了一天的星期日早晨，孫府雖然妻妾兒女眾多，但陪孫大爺同用早餐陸續到位的只有正房大太太大媽楊氏、三房姨太及最幼兒子用濟，以及五房姨太柳氏與最幼女兒小全等總共六人。大家坐定後，老爺子隨意說了一聲早安，大家也隨著紛向老爺子道早安（孫氏多年做了外交官，平日生活中已有一些西洋禮貌的習慣）。不過今晨老爺子的目光，特別對著么女多看了一眼，讓始終保有笑容的孫用和感到一陣溫暖，心想父親臉上並無不悅之色，應該是個好兆。果然老爺子一面喝牛奶，一面說道：

「聽說趙家孩子現在已經進了匯文高中，多年未見，趙家嫂子獨立撫養孤兒，必很辛苦，應該選個時間邀請他們過來敘敘舊誼。」

五姨太柳氏悄悄在桌下用手在她女兒腿上按了一下，用和心裡明白。這時大太太開口說了話：

「是呀，這事是我疏忽了。趙家孩子從小伶俐，現在已是高中生，我們實在早該請趙嫂子來家見見面、談談心。這樣吧，看老爺哪日有空，請五妹安排一下，愈早愈好。」

老爺子點頭「嗯」了一下，表示許可。五姨太接著就說：

「我會照著大姊的吩咐去辦。」

這天早餐的氣氛特別愉快，老爺子離桌前對用和微微笑了一下進了書房，大太太也回了後院，剩下三、五兩房姨太太和兩個排行最幼的一兒一女，三姨太就對五姨太說：

「五妹，看來我們孫家不久又要辦喜事了，是不是用和與趙家少爺相好？恭喜你啦！」

「沒有啦，現在時代不同了，年輕人都在談什麼自由戀愛，究竟到底怎樣，就連他們自己也不知道。不過孫趙兩家是舊交，多點來往是應該的。」

用濟與用和是孫家眾多兄弟姊妹中最年幼的兩個，二人以小哥與么妹互稱，用濟長用和兩歲，正在朝陽中學讀高二。平時二人常在一起聊天談笑，是孫府大院內的開心果，最受傭僕們喜愛的小主子。今天老爺子和大媽的話，顯然對他們二人特別高興，因為前些日子的寒假期內，他們曾有一天同去東來順吃涮羊肉火鍋，么妹向小哥告知了她與趙厚仁相識的經過，但要小哥起誓保密，如今老爺子的話等於許可她和厚仁可以交往，那就無須保密，也就等於給兄妹二人解密，因之特別興奮。

不過有個問題尚待解決，用和的畢業考試在六月，而老爸的南行日期則在四月中旬，如何抉擇，么妹請小哥幫她想個兩全之策。

用和採取用濟意見，先向學校教務處探詢，能否單獨給她考試，然而校方告以無此前例，難能允准，不過今年暑期將有學校房舍全部檢修工程，考試日期可能提前十幾天，但仍不能與孫府南遷日期配合。於是孫用和究竟是該提前退學？還是等考完後延遲再去南方？只能聽老爸的決定。

孫府五姨太柳氏，選了一個日子，帶著女兒用和，前往大將坊胡同，拜訪趙家嫂子，為多年疏於致候表示歉意，也對兩家孩子成為同學表示欣慰。一番寒喧之後，柳氏特別說明：

「今天是奉我家大爺和大媽之命特來邀請趙嫂和厚仁少爺選個好日，光臨我們孫家小敘，談談家常，不知嫂子意下如何？最好給我一個日期，我好回報準備迎候。」

「你們孫府的盛情，實不敢當，但既承寵邀，自當遵命前往拜訪。日期嚒，讓我看一下曆本，那就選在四月二日星期天，方便嗎？」

用和向母親點頭，於是柳氏便說：

「很好，我回去報告，就這樣定了。」

柳氏完成任務，告辭回歸孫府。

準期四月二日，趙家母子帶了一些禮品，到達孫府。孫家大爺、大媽、二位姨太太以及幾位公子、千金已在大廳迎候，大家不免循著禮數一一見面，大太太顯得格外殷勤，前後招呼，陪著趙家嫂子參觀了幾處廳堂，用和、厚仁與孫府其他幾位少爺小姐隨便閒談。稍頃孫大爺喚請大家進入餐廳，賓主就位坐定，他就首先舉杯說：

「歡迎趙嫂子與公子光臨，多年不見，格外高興。只是我家過去多年，也不很寧靜，以致疏於聯繫，請趙嫂子見諒。」

「老爺說的是，不怕見笑，我們家的二姨太前幾年肺病過世，她的一個女兒被肺病傳染，也跟她母親走了。四姨太則在二年前私奔潛逃，不知去向，這種家醜不宜外揚，老爺子當然非常生氣，所以現在段執政請他到上海當什麼商務督辦，他就答應，可以離開這不吉之地，圖個清淨。」大太太接著作了一些不為外人道的補充。

趙家嫂子聽了孫大爺和大太太的話以後，立刻說道：

「真是失禮了，我沒有知道貴府發生那些變故，沒來問安。現在你們即將離京南行，可否讓我設筵為孫大爺和孫大太太餞行，稍補前愆。」

孫大爺當即表示，近日公務繁忙，餞行之事心領免啦。

大太太又再補充說道：

「我們原想先到天津，乘坐津浦鐵路火車到達南京，然後換乘滬寧鐵路直達上海，只需一天半時間。但據我家三兒用安報告，他在津浦鐵路公司當協辦，最近津浦鐵路行走極不安寧，除了孫傳芳等軍閥在鐵路沿線時有打仗之外，還有土匪盜賊常有劫持火車，進行搶奪旅客錢財，甚至綁票等情事，所以現在很多旅客怕乘火車，改走海路，從天津坐船直抵上海，雖然多費二天時間，但比較安全。我已報告老爺同意，吩咐管家老蘇前去訂購船票。」

「出門要以安全為第一，改走海路既較安全，自以海路為妥。現在船票買到了沒有？」老爺子問道。

「老蘇昨去怡和洋行輪船公司訂票，但船公司說，四月八日頭等艙房只剩一間，二等艙也無空餘，所以老蘇先把唯一的頭等艙房暫時保留，等候老爺決定。」大太太立即回答。

向來對老爸威嚴不甚懼怕的用和，不等老爺子說話，就搶先開口說：

「爸爸、大媽，我今年畢業考試的日期是在端午節後一天，我已問過教務處，不能單獨個人提前考試，所以如果我不按規定日期參加考試，等於提前退學，不然我就不能跟爸媽同船南行，不知如何是好，要請老爸決定。」

「嗯，這一點我倒沒有想到。不過畢業考試當然最為重要，所以小全不能提前退學。剛才既然讓老蘇訂購船票只有一間艙房，那麼小全和你媽就晚一個月再去上海也行。」

「謝謝爸爸。」用和趕快回答。

「謝謝老爺子。」五姨太也立即接著表示感恩。

孫大爺一言定槌，大家都很高興，除了用和與她母親最感滿意之外，二個男生用濟和厚仁，能與用和在離別前多聚一個月，更是興奮。

午餐結束時，孫大爺有事先行離席出門，臨行前特向趙家嫂子致意感謝光臨，趙家嫂子受到孫府禮遇，頗覺光彩，也就誠意回謝。

大太太仍坐原處，對五姨太說：

「柳妹子，原本要你同去上海，是想那邊新居布置裝潢等許多雜事有你幫忙，比較妥當，現在你不能同去，我年事已高，恐怕做不周全，正在發愁。」

「大姊，您放心，我隔一個月就過去，那些繁重勞累的事，暫且擱著，等我去了以後，我會趕快做好，請勿憂慮。我想老爺子短期雖有些不便，但不致於會生氣。」

大太太聽後微笑說：

「但願如此。」表示認同。

餐畢趙氏母子道謝告辭，大太太送至大廳留步，由三、五兩位姨太和幾個晚輩子女送到大宅門口，看著上了備車，方始揮手互道平安。至於厚仁與用濟、用和等覺得時間過於匆忙，所以揮手揮得特別使勁，珍重再見。

學期終了前，大家忙於準備考試，期間厚仁與用和也只見面一次。但有一天，趙家媽媽把兒子召喚過來，說道：

「厚仁，你該知道，在你爹未過世前，我們在青島嶗山山麓建有一所『嶗山小築』，你爹和我曾經去過一次，我也帶你前去住過幾天。你爹過世後，多年來一直交由王福在管。孫府五姨太與她女兒用和小姐將於一個多月後坐船去上海，我想送她們一程到青島，並想邀請她們去『嶗山小築』小住二天，然後她們再由青島去上海，算是我們略盡薄誼，答謝他們上次的款待。不過她們的船票要分成兩段，也就是由天津到青島，再由青島去上海，一切費用由我們負擔。你去孫府與用和及她媽媽商量，希望她們同意賞光。」

厚仁自然歡喜，極願當日銜命去往孫府，所以立刻回話：

「媽，您的主意真好，我馬上就去。」

到了閣老胡同，遙看孫府大門外車馬不若往時繁多，走近再看，原來孫府大爺與大太太等已經出發去了上海，門庭自然不如以前熱鬧。厚仁到達孫府門口，由一個男傭帶領進到五姨太的後院，提高一點聲音喊道：

「趙家少爺來啦！」

反應很快，並且立刻掀開門帘衝出房外的當然是用和，她興奮地問道：

「厚仁哥，沒有想到你今天怎會過來？太好啦，請快進來，媽正在房內哩。」

五姨太坐在起居室內小圓桌旁的一把靠背椅子，左臂搭在扶手上，右手舉起蓋碗茶杯正要飲茶時，聞聲後放下茶杯，站起身來，說道：

「趙少爺進來請坐，剛才我與用和正談趙嫂子你們呢。這幾天因為忙著要去南方，有很多事要料理，所以沒空去跟嫂子問候，你倒來啦！」

厚仁坐下另一張椅子，看了用和一眼，答道：

「報告五媽，我今天過來，就是奉了母親之命，請示可否讓我們送你們半程？」

厚仁話未說完，用和迫不及待，馬上發問：

「什麼叫做半程？」

於是厚仁把他母親想邀她們去「嶗山小築」遊玩二天的意思說個明白，然後又補一句：

「我們伴著你們到青島，也就是你們去上海的一半路程，那不就是送半程嗎？」用和聽得高興，拍手稱好。

五姨太思考了一下，也表同意，只是堅持船票必須自付。同時此事必須稟告大老爺和大太太知道。於是傳喚老蘇進來，撥個長途電話到上海，稟報老爺說明延期二天到滬，同時再去怡和洋行訂分段船票。

諸事安排定當，到了約定日期，趙家嫂子及厚仁與五姨太及用和，一行四人先去天津，然後換坐輪船，不過一日工夫，到達青島。王福已在碼頭迎候，立即改乘馬車，逕駛嶗山。兩家四人初次聯袂出遊，分外愉快。

「嶗山小築」之美，就在那個「小」字，不僅地點位置適中，四周景色幽美宜人。特別那座「小築」，小得雅致，小得可愛，比起北京大院，不過一個大廳稍寬而已。內部格局，不按常規設計，每個房間各有不同而且不規則的造型，但不礙實用。「小築」座落，原是坐北朝南，卻把大門設在朝北，而且門框高度，只是稍高人身一尺，開闊也僅只容二人並肩通過而已，其式樣只像一般人家的後門或側門。至於臥室、客房、餐廳也不尋常的方圓，但儘可能從各個不同角度接受陽光，整個設計，頗為獨特，也是數年前吸引厚仁答覆母親願學建築原因之一，而用和更是對此「小築」喜愛不已。

當晚王福已經備妥一桌飯菜，趙夫人為盡地主之誼，特囑王福溫了一壺紹興老酒，供四人小酌。賓主盡歡後，各回已由厚仁安排的寢室休息，一宿寧靜無話。

次晨拂曉，厚仁與用和先行約好，到山崖峭壁上觀賞日出。用和從未離開京城，當然也從未見過大海，更未見過太陽從海面上升。因之她挽著厚仁的臂膀，一路興高彩烈連跑帶跳，一不小心，踩到了草皮蓋著的一個小凹坑，踉蹌摔到地上，厚仁連忙將她扶起，好在尚無太大傷害。於是用和更加緊緊依偎厚仁身旁，一蹺一拐，往山的邊緣走去。剛到小路臨海盡頭，看到彩雲滿天，大海邊際終極處，已有一道耀眼的旭日金光，逐漸從海平面上升起，頃刻之間，太陽已從海上帶點跳躍式地升到高空。這時海天一色，陽光把海波照耀得如同萬頃金鱗，光芒閃耀，海鷗上下飛翔，更讓朝雲活潑翻騰，令人看得眼花撩亂。用和開心得幾乎手舞足蹈，突然向厚仁提出一個問題：

「地球和太陽的距離什麼時候最近？是早晚？還是中午？」

「這是一個高深莫測的問題，依現代所知的科學理論，地球不停在自轉和公轉，當哪一面轉到向陽時，就覺得跟太陽比較接近。實則地球球體與太陽的實際距離，據說大概是一億五千萬公里，所以陽光射到地球，約需八・三四光分。你怎忽然提出這樣一個問題？」

「因為聽過老師講一故事，說孔子周遊列國路過齊國時，遇到兩個兒童正在辯論太陽什麼時候離人最近的問題。甲童說早晨最近，因為看到晨起的太陽最大；乙童則說午時最近，因為中午感到陽光的熱度最強。爭論不休時，見到孔子正好站在他們身旁，於是便請孔子解答，但孔子的答覆是『不知道』，兩童頗為失望，而現在我們站的正是齊魯地帶，面對的是太陽最大的時候，所以問你，此刻我們是否離太陽最近？」

厚仁經此一問，不禁哈哈一笑，回答說：

「連孔聖人都難解答的問題，我怎能回答。」

二人有說有笑，樂趣無窮。接著用和又道：

「在這山頂海邊，旭日東升的良晨美景之前，我們似乎應該彼此作個許願，才不辜負珍貴的此地此刻，你說是嗎？」

厚仁立即作出贊同的反應，並且一字一字地說：

「我願與用和妹妹成為永久的終生伴侶，廝守不離。」

用和跟著同樣作了深情的許願，也一字一字地說：

「我願意和厚仁哥永遠在一起，我的一切全屬於你。」

兩人作了海誓山盟，隨即相互擁抱，欣然回去。但望山海作了見證，朝陽給他們喜樂，嶗山給他們幸福！

兩位母親正在等候他們同用早餐，看到兩個孩子喜形於色，想必感情甚好，也很欣慰。

早餐之後，由王福陪著四人在「小築」附近叢林和山崖海邊散步，藍天碧海，朗朗乾坤，每人都覺神清氣爽，異常舒適。時間將近傍午，五姨太提議說：

「孫老爺子曾經做過山東巡撫，青島是山東省的第一大都市，我們是否應該去青島遊覽一下，看看那兒的風光景色，才算不虛此行。」

趙家嫂子和兩家孩子一致同意，於是吩咐王福僱了一輛前後可以對坐的馬車，從嶗山駛向青島，飽遊海灘與市街景色，直到傍晚方始回程。歸途中路過一所福德神廟，看來香火鼎盛。不少善男信女，都在焚香拜拜，趙嫂子和五姨太都是信神拜佛的婦女，便教馬伕暫停。兩位太太進到廟內，納了不少香火錢，也在神壇前跪著求得二枝上上籤，不外是多福多壽、大吉大利的吉祥籤語。正欲離開時，用和為了好玩，在籤筒內隨意抽了一枝，拿到櫃上，換來籤條，一看竟是下下籤，用和並不在意，隨手丟棄，厚仁順手接住，看了籤文，居然寫的是：

多情多欲少人知，半吉半凶莫猜疑。

任是富貴官家女，花前月下也難期。

厚仁稍覺不爽，就在廟外把它塞進字紙簍裡，不再提及。回到「小築」，共享離別前的晚餐，厚仁與用和格外顯得依依不捨，兩位母親看在眼裡，自是欣喜。

次晨青島港口碼頭，停泊兩艘航輪，一往北駛，一向南行，趙孫兩家也在各自登輪前互祝平安，揮手道別。

第三章　兩地寄相思

上海是中國最大的對外通商大埠，所謂十里洋場，就是華洋雜處、萬商雲集，也就是無奇不有的一個大都市，與內地城市的形態或習慣大不相同。上海人民有其驕傲自豪之處，也有其微賤自卑之處。初到上海的一般外地人，總需相當時日的調適，方能逐漸適應。

孫莫寒的新職是「淞滬商埠督辦」，是個專為發展上海都會區與其鄰近地域的商務貿易而新設的機關，所有在區域內的商務活動，都要受這新衙門的管轄。所以孫氏一到上海，當地地方官員、中外富商巨賈，以及駐滬各國總領事等，無不想與之攀個交情。而孫又是清末民初的資深外交長官，他對中西習俗都很清楚，因之他到上海才個把月的時間，就已忙得不可開交，成為上海最受矚目的人物。

孫府寓邸地點是在上海英租界西郊愚園路的盡頭，鄰近聖約翰大學一個小型私人花園之內，房屋建築是座維多利亞式的三層洋樓，屋內一應裝飾設施，完全西式現代化的構建，正與北京大宅門的四合院房屋全然不同。好在孫大太太曾經跟隨孫氏出任駐歐各國公使或大使時，對居住歐式房屋已有經驗，所以尚無不便或不適之苦。只是許多布置擺設事宜，已感力不從心，還得等待五姨太到滬後，方能進行。

用和與她母親平安準時到達上海，原在北京府邸的管家老蘇已經南調，有他在碼頭迎候接應，自是一切順遂。出得碼頭海關大門，一輛全新雪佛蘭轎車已在守候。老蘇先把行李逐件放進車箱，然後司機伸手打開後座車門請二位主子入座。老蘇介紹司機姓吳，因還年輕，所以稱他小吳。司機小吳很懂禮貌，分向五姨太及小姐請安，隨即啟動汽車，駛往滬西。用和一路觀看窗外街景，頗感新鮮。

不久，汽車駛抵孫府，但見一排矮牆，上面排列鐵鑄欄杆，成了花園圍牆。車子轉了半個圈子，緩緩駛到府邸正門口停住。大媽和幾個傭人已在門口迎候，大家幫忙提著行李，送到二樓五姨太臥房，隔壁另有一間小房，是用和臥室，分別安排妥當。大媽要五姨太母女先在一樓小客廳飲茶，詢問北京老宅和青島小遊狀況，五姨太一一報告，用和插嘴說「嶗山小築」好美。正談話間，孫大爺回府也向小客廳走來，一看女兒用和，就先對著她說：

「小全，這一個多月，你想爹嗎？」

「爸，我每天都想著您呢，我媽都知道。」用和嬌嗔似答。

「小全，我一直在關心你來上海後的升學問題，現在總算有了安排。這兒有個上海中西女塾，是美國南方衛理教會在中國辦得最好的一所女子學校，校址離我們家不遠。當然你先要通過她們的高中入學考試，所以你得好好用功。」

這時大媽也說：

「小全，你爸就只為你操心，他還叮囑老蘇買了一輛全新的自行車，為你通勤上學之用。」

孫莫寒一回家，就把用和的升學作為第一件大事，足見他對么女的十分疼愛，同時也隱示了五姨太身分的重要性。用和當然非常高興，對著老爸的面頰親了一下，表示感謝。

孫府住宅的前後庭院，都是花園，花木扶疏，綠草如茵，是上海一級豪宅的氣派。後花園內有一小圓水池，靠近池旁樹蔭之下，置有一對鐵鑄的座椅，椅背和扶手，都有精緻的雕刻。用和特別喜歡坐在這兒看書或作遐思，這是她來上海新家最欣賞的所在。

某個星期日上午，三房姨太太的次男，也是孫府最幼的么兒孫用濟欣然來到，原來他從北京朝陽中學畢業，志願習醫，報考了上海同濟大學醫學院，最近發榜，錄取前茅，所以要來向父親報告。這所同濟大學是在二十世紀初由德國人在中國創辦的醫學專科學院，經過多次改制，現在是全國著名的國立同濟大學，用濟能夠考上自是極大喜訊。孫大爺聽到甚為高興。尤其用和與用濟兩個孫家最幼兒女，知道以後同在上海上學，格外興奮，因之用和拉著用濟的手說：「我們到後面花園談談。」

兄妹二人各坐一把鐵椅，展開聊天。用和向用濟報告嶗山之遊的經過，並故作神祕地說：

「小哥，我又有一個祕密與你分享，也再一次要求你保密，行嗎？」

「行。我能分享你的祕密，是你對我的信任，是我的榮幸。」

「那好，你知道嗎？我們來上海之前，去了青島，在趙家的『嶗山小築』住了二天。

就在第二天的破曉時分，厚仁哥與我走到山崖邊際，觀看海上日出，那紅輪旭日，自海平面圓滾滾地漸漸上升，那景觀之美，令人畢生難忘。你猜猜看，在那情景之下，我們二人講了什麼話？」用和故意逗她小哥這樣問道。

「一定是讚美大自然的奇景吧？」用濟隨意作了回答。

「跟你說實話，厚仁哥仰著頭，看著天，竟然說出他的心願，意思是天長地久，我倆是永久的伴侶，而且隨後我也向他說了同樣的話。你信嗎？」

用濟暗吃一驚，覺得么妹年紀還年輕，距談終身大事還早。但他一向瞭解趙厚仁是個誠實可靠的青年，所以就說：

「聽你這樣說法，很有山盟海誓的意味。那就祝福你們永遠幸福美滿。」

用和馬上以手指按著嘴唇，故作神祕狀，輕聲地說：

「請記住，要守密！」再次顯示他們兄妹間的感情，已可無話不談。

孫用和在中西女塾高中部入學考試，順利過關，開學之日，很興奮地單獨一人自去報到，辦理註冊手續，被編入高一Ａ班。繳費之後，領到一堆新書和筆記簿本，騎著她母親為她新購的自行車，不過十分鐘回到家中，進入她二樓臥室。她母親五姨太過來，看她辦得有條有理，也就放心離去。

用和臥室，並不狹窄，所以她特別在臥室靠窗一角布置了一個小小書房，作為她專心在家做課後作業的空間，也是想和厚仁通信的密室。

開學後一個星期，用和覺得除了功課相當吃重之外，對整班全是女生同學，好像交友不易。雖然她在滙文初中班上，同樣全是女生，但那個時候大家天真瀾漫，個個都是朋友，遊戲玩耍，彼此都無顧慮，只要玩得開心，百無禁忌。現在進了高中，看看班上同學，人人像是大家閨秀，頭髮一絲不亂，臉上沒有塗脂抹粉，但都細白潔淨。依學校規定，毋須穿著制服，但每人所穿服裝，無不整潔合身，與用和平時不太講究服飾的習慣，稍有扞格。加上學校訂有很多禮儀規則，訓練學生立身處世，要和藹端莊、要智圓行方、要亦柔亦剛，幾乎如同是個「第一夫人」的養成學府，以用和活潑好動的性格，有點不易適應。最困擾的問題是語言隔閡，同學們講的全是上海方言，用和勉強能夠聽懂部分所言，但一直無法開口講滬語，自然有礙溝通，所以開學二個多月來，孫用和還沒有在同學中交到一個真正知心的朋友。

因之她很想在校外做些活動，某天她在報紙上看到一則芭蕾舞蹈招收學生廣告，大有興趣，但不知學校內容如何，不敢冒昧嘗試，不久等到用濟來後，她就向他請益：

「小哥，想不到高中生活，非常枯燥，二個多月還沒有交到一個真心朋友，所以我想找些課外活動。前天看到一家芭蕾舞校招生廣告，很想前去試試，你說行嗎？」

用濟想了一下，答道：

「芭蕾舞是非常經典又高尚的藝術學門，上海設有公立的藝術學院，專門教授及訓練芭蕾舞藝，外面私設的芭蕾舞校不少，但良莠不齊，也有未經註冊就招生，則要小心，不可受騙上當。」

「那麼我就拜託小哥，代我打聽打聽，哪家舞校妥當，到時請你陪我去報名。」用和懇切地說。

「從來對你任何要求，必定幫忙。但這件事，必須先得爸爸、大媽和你母親的許可，方能進行。」

用和接受她小哥的意見，其時大爺尚未回家，於是先向大媽及其母親請示，二位媽媽都未置可否，只是提醒不能影響學校功課，尤其需要當心不要傷了筋骨，最好以不去學習為妥。等到大爺傍晚回家，用和急忙把事情向爸報告並請示可否，未料老爸畢竟是個資深外交家，見多識廣，竟然微笑點頭說：

「小全你這寶貝丫頭，什麼都想學。在北京時你要學騎馬，那時你還太小，沒有學成。現在又想學習芭蕾，我可同意，但要履行三項要件：一、不能耽誤學校功課，二、不追求專業水平，只是課餘活動，三、倘若偶有傷害必須立即停止學習。」

用和高興得跳躍身子，向老爺子深深一鞠躬說：

「謝謝爸爸，我一定遵從您的指示。」

隨後用和向用濟作拜託狀，求他幫忙選一所好的芭蕾舞校。用濟具有很高責任心，不出一個星期，他就選定了一家名為瑪麗莎專授芭蕾舞的學校，地點是在法租界霞飛路。於是約定了日期，兩人前往參觀。舞校設於一座大廈二樓，教舞場地寬敞，設備新穎，光線明亮。教師具有專業訓練資格，覺得十分合宜，於是決定報名，並排定每週一、三、五晚上七到九點授課，每週三次，還不致影響中西女塾學業。

用和到了上海，忙於入學考試和班上功課，近又加上學舞，與厚仁間通信的聯繫相對減少，心中感到內疚，總想撥出一點時間寫封長信通通款曲。但厚仁瞭解用和性格，從未嫌她少了情調，因他確信他倆之間愛情，經過山海見證，毋庸置疑。

某一天用和終於在一個晚上，把來滬後的一切動態狀況，寫信給厚仁，一五一十告個明白，密密麻麻，寫滿了三張信紙。但回頭再讀一遍之後，竟把那幾張信紙三把二把全部撕掉，擲入紙簍。自責寫那些瑣碎囉唆的空話，太沒意義，反倒辜負厚仁對她的一番真情。思念之殷，一時激情，竟獨自一人在房內哭泣起來，深覺唯有趙厚仁是她的真愛，是她唯一的真愛，也是她將來唯一能作終身伴侶的趙厚仁。

過了一會，情緒穩定之後，用和振作一下精神，回想滙文時期曾給厚仁寫了些新詩，也回顧了兩人在嶗山的許願，於是重行執筆，開始另寫一首新詩，寄給厚仁。

新詩文字如下：

巍巍的高山，浩浩的大海。
任憑白晝烈陽灼曬，黑夜星月更殘，
無改高山的雄偉、大海的豪邁。
凡百心願，只要山海見證，
那便是海誓山盟，
永久不會更改。
愛是恆久忍耐，
經得起無盡的思念和遙遠的等待。
願你我永遠同在。

最後還補上了兩短句：「給仁哥，我想你。」用和的新詩，充分顯示了她堅毅性格與對厚仁的至愛。她寫詩不拘格調，只表真性情。她從頭至尾再讀一遍，最後又加上一句：「嶗山觀日是我最美的回憶」，然後把信紙裝進了信封，寄去北京。心頭感覺，似乎落實了許多，回復了輕鬆的笑容。

隔了一個星期，用和騎自行車出門上學，看見門口郵箱裡有封藍色的郵件，想必不是寄給老爺子的信，所以走近打開箱蓋一看，果然那是來自北京趙厚仁常用的藍色信封，於是立即取出，由於趕著時間去學校，所以先把它放入書包袋內。等到進了校門，先把車子放好，未進教室，來不及就先把信件取出，開啟信封，抽出信紙，卻讓她吃了一驚，原來信紙上只有一幅圖畫，沒有文字，畫中有著很多圈圈，不知是啥意思。只好把信件放入口袋，等待老師講課，實際上她已心不在焉，老師講的，似懂非懂，腦子裡想的，全是口袋裡的那些圈圈。

下課之後，用和急忙走出教室，到了操場，再把信紙打開，依然莫名其妙，但手指感覺，信封裡面似乎還有一張紙條，伸手一摸，果然摸出一片紙頁，上寫四個大字：「謎底在此」，再翻過來一看，竟有一首妙詞：

相思欲寄從何寄，
畫個圈兒替。
左圈圈是我，右圈圈是你。

整圈兒是團圓，半圈兒是別離。

圈圈相疊不是謎，

那是你中有我，我中有你。

這密密相思，

把圈圈一路畫到底。

用和把信紙和紙條，看了又看，笑了又笑，回到教室，心情奇佳。旁座同學，看她不斷在微笑，於是輕聲問她：

「什麼好事讓你如此開心？」

用和簡單地答了一句：

「想起了一件可笑的事。」

這種詩情畫意的趣味溝通，成了趙厚仁與孫用和二人情書往來的模式，有時你給我講笑話，有時我給你猜謎，真所謂兩小無疑猜。他們雖然南北兩地，遠隔千里，但這類非經典情書的不斷往來，卻給他們愛情根苗，灌溉了不少養分的滋潤。

寒假將近，用和學習芭蕾進步神速，教師對她學習精神和技藝成績，極為讚賞，正希望她參加聖誕夜的特別演出。不料在一次排演中，不慎扭傷了左腿的關節骨，疼痛萬分，經送醫院診治，檢查結果，認定左腿骨裂，必須住院醫療，需時至少一個半月。用和聞之，傷心不已。她母親日夜陪伴，老爸也來探望，說了一句話：「以後你就不能再跳芭蕾了。」更讓她臉上笑容，頓時消失。

萬般痛苦時，趙厚仁意外出現在她病床旁邊，給她帶來未曾料到的喜樂。陪同他來的是她母親五姨太，不用細說，厚仁聞訊焦急萬分，趕在寒假開始前一天，就從北京趕來上海，準備留下一個星期，專誠陪她養傷，因之用和內心大樂，臉上也立即恢復了原有的笑容，並說：

「嗨！你果然來啦。」

「我被那些圈圈綁著來了。」

五姨太聽不懂話裡什麼意思，告訴厚仁說：

「用和喜愛芭蕾舞蹈，幾乎到了痴迷程度，連平時在家走動，舉手投足，都會踮起腳尖，揮動雙手，作舞蹈姿態，我還真怕她影響學校功課。現在受了傷，只能遵從老爺子的約法三章，停止學舞，倒也算是好事。」

「媽，請你不要幸災樂禍好嗎？我正發愁以後該學些什麼課外活動呢。」用和立即作出反應。

「不用發愁，可學的東西多著呢。音樂、繪畫、戲劇等等，任你選擇，只要你喜愛、肯學，還有安全，不影響學業都沒有問題。厚仁，你說對嗎？」五姨太說。

「對，現在你要專心療傷，等腿傷痊癒，過了寒假，回復上學。我已向母親請假一星期，來滬全程陪你，以後的事，來日方長，可以慢慢討論。」厚仁說。

「喔，我忘了說，你可以住在我們家裡，我已吩咐傭人把客房整理，今晚你就可以過來住夜，大媽也說這樣安排很好。」五姨太對著厚仁說。

厚仁本想去住旅館，用和一聽母親的話，立刻贊成說：

「仁哥，你聽我媽的安排，就住我家好啦。」

五姨太知道女兒心意，便說：

「就這樣辦罷，我有事，先回去，這兒交給你啦。」

以後幾天，趙厚仁從孫府早出晚歸，在醫院陪伴用和，看她左腿綁了石膏，吊在斜架上，很不舒服的樣子，但幫不上忙，只能陪她聊天，解她寂寞。有一天，用和說：

「仁哥，你上次畫了許多圈圈，要我猜謎，要不是你附了一張謎底紙條，恐怕永遠答不出那樣溫馨的謎底。現在我也要請你猜個謎，好嗎？」

「好啊！你請說，讓我試試看。」厚仁答。

「雞生蛋，蛋生雞，究竟哪個為先？」

「哇，這是個千古難解的謎題，沒有人能作出準確答案。」

「難道人類文明進步到現代，還是無法解答這麼一個日常所見的問題嗎？」

「正是，因這問題，雖屬日常所見，但這問題的本質，實不簡單，甚至引起從古到今的許多哲學家、科學家們去探索，認為這是一個生命與宇宙的起源問題，也可以說是個因果循環的問題。」

「仁哥，我提了一個簡單謎題，你卻引出了大套理論，但是沒有答出謎底，你認輸了嗎？」

「是的，我輸了，我確實不知道準確的答案是什麼。而且世人對這問題各有各的答案，不同的宗教家們有不同的說法，有說上帝創造萬物包括禽鳥。雞屬禽類，當然在先。但也有說二者同時存在，更有從演化論去推論，認為物種在通過一定時間會產生基因突變，所以也可能二者都從各別物種演化而來。總之種種說法，沒有一個為大家所接受的結論，所以我雖輸猶榮。」厚仁答辯。

「我認為你還是一位不及格的傳道者，肯定是輸家。」

「對，我是像千千萬萬人一樣，對宇宙奧祕缺少認知的輸家。不過我倒要問你，你是怎樣想到這問題的呢？」

「因為這幾天，我媽每天讓我吃一碗雞湯煮荷包蛋，這本來是件再平常不過的事，但我在想先喝湯或先吃蛋時，就聯想到雞與蛋孰先的問題，你認為好笑嗎？」

「不，這是超有智慧性的問題，也說明人類對萬物的存在還有很多無知。像上次在嶗山觀日出時，你提問太陽跟地球在晨午間何時較近的問題，同樣難解。說明你的思想最近很有進步。」厚仁說完這話，還在用和額頭上親了一下，表示勉勵，還補說了一句俏皮話：

「這是我輸家送上的一份賠禮。」

「你揀了便宜還賣乖，不行，我要罰你講個笑話補償。」

厚仁搔一下腦袋，想了三分鐘開口說：

「從前有個私塾的冬烘老師，專唸別字，誤人子弟不少。後來他到了陰曹地府見了閻王爺，央求來世轉個較好的人生，閻王爺判他來世做條母狗。私塾老師大吃一驚，問道何故。閻王爺說：『你把《禮記》上的「臨財毋苟得，臨難毋苟勉」教學生唸成「臨財母狗得、臨難母狗免」，想必你很喜歡當母狗，所以今天的判決，應該如你所願。』你認為好不好笑？」

「不好笑，天下哪有這種爛老師。」

「你們學校也有個『塾』字，不知有沒有那樣的老師？」

用和撒嬌地敲了一下厚仁腦袋說：

「你不能侮蔑我們中西女塾，那是上海的名校。」

就是這樣，厚仁每天陪著用和有說有笑，使她忘了痛楚，腿傷也加快了痊癒的速度。孫家老少都對厚仁有了好感，特別是孫大爺一再給他嘉許，讓厚仁欣慰如獲甘霖。

直到一週後厚仁要回北京的前夕，他又送了一張鉛筆圖畫給用和，上面寫了二個字「我們」，用和看了哈哈大笑，問道：

「畫裡面是什麼人呀？」

厚仁理直氣壯地說：「當然是你和我囉。」

「恐必連你媽和我爸媽都認不出來，看來你永遠不會成為一個畫家，不過你倒像一個作家。」用和依然笑不停地說。

「但我相信，將來我們如有孩子，他們一定認得出來，那是他們的父母。」

「拜託，你已讓我笑得腿又痛起來啦，請你這位大畫家，把你這張得意傑作收回去罷。」用和連聲帶笑說。

「好，好。我一定把它珍藏給我們的下一代。」

厚仁假期將滿，返京在即。這一星期來陪伴侍疾，給了用和精神上、心靈上莫大的鼓舞，二人間的感情、默契和信任顯然又升了一級，於是在告別前，二人緊緊擁抱，足足半分鐘，互未鬆手。最後不得已互道珍重再見。

第四章　父女談論半真半假

用和腿傷完全康復，回家首先見到的竟是老爸。他在家裡盼望等待已久，如今看到么女平安回來，格外高興就說：

「小全你知道嗎?你受傷讓爸整日擔心深怕你成了殘障，現在固然安心你一切正常，可是以後再也不要去參加任何風險的活動。你爸老了，禁不起驚嚇，行嗎?」

用和懂得父親愛她最深，所以立刻趨前依偎在老爸懷內說：

「爸，我以後會一切小心，不再給爸添憂，倒是您老人家要多保重，不能過於勞累，小全今後將陪老爸過些多多悠閒，輕鬆愉快的日子，您說是吧?」

「趙厚仁特從北京過來，陪你在醫院養傷，這小伙子倒還滿通人情，希望你們珍惜寶貴的友情。」

用和一聽爸爸關心到她和厚仁間的感情，格外高興於是更加緊靠父親，說：

「爸，您甭操心，我和厚仁時時互勉要敦品勵學，不負老爸期望。」

不久，學校開學，孫大爺特別吩附，每日早晨先用他的座車送用和上學，短期不讓她騎自行車，保護她的腿傷不致復發。下午放學，同樣辦理，足見老爸愛女之深，無微不至。

厚仁回京以後，同樣返校上課。二人之間依舊用他們非經典式書信往來，魚雁不斷。他們的共同願望，是永不忘記嶗山觀日時的海誓山盟。

時光易逝，又過了二年，厚仁已從匯文高中畢業，如願考進了燕京大學建築學系。他對建築學的興趣，不單是由「嶗山小築」的奇異設計所引起，也因他對建築學抱有理想。他認為建築不僅是蓋大廈、造橋梁，而是要透過建築，體現人生美感，展現優良風格，更進而實現空間與人文互動的調和及適應，創造人類生活的藝術面，由建物的多采多姿，增進人與自然間的美化融合與和諧。因之他在燕大建築學系上課，非常用心，當第一堂課教授開宗明義地說，建築物特別是居住的房屋，和人的感情如同親子關係，因之建築師在構圖設計時，應先具有這樣的觀念，才能畫出具有人情味的藍圖。也就是建築師不但是工程技術專家，更應是兼具藝術素養的畫家。趙厚仁對教授第一堂的教誨，印象深刻，且把它當作他未來事業的標竿。

厚仁對他父親所建的「嶗山小築」特有好感，就因那座小築，格局特殊，內部間隔不規則，不對稱，連外牆大門色澤，都不同於一般房屋，使人進入屋內，不知哪裡是正房、客房，有如入迷宮之感。厚仁對之深有興趣，所以常在寒暑假期間請嗣母帶他過去住個幾天。嗣母疼愛厚仁，一向勝如己出，對他任何要求，無不答應。而厚仁則每來嶗山，只要天晴，就必在凌晨獨去山崖，觀看日出。雖則孤單一人，但在他潛意識中，終覺有個用和陪在身旁，思念和遐想，已經合二為一。

南邊上海的孫用和，從芭蕾舞蹈腿傷以後，一向好動的她開始有了一些改變。為了遵從長輩們的一再叮囑，以前的蹦蹦跳跳，現在走路步步穩健。課外活動，也從體能鍛練漸漸轉變方向為德能與智能的兼重，特受老爸的稱許。

首先，她開始踏進校內基督教堂的大門，因為學校原是美國基督教會創辦，校內自始就有一所教堂，但並不強制學生加入教會或在星期日參加禮拜。用和讀過教會的福音小冊，也在做禮拜時，隨著教友們讀經唱詩，覺得心靈上頗多增益，因之她雖然尚未受過洗禮，但她已自認為是基督信徒，也就是忠誠的慕道友。

其次，她準備從下個學期開始，選讀鋼琴課程，一則可替代芭蕾舞活動，再則多一門藝術方面功課的學習，可有助於身心的陶冶。所以她上鋼琴課時，十分用心，也逐漸增加了興趣，並且引起了將來去美留學專攻音樂的想法。

她在中西女塾高中部不到二年，就將畢業赴美留學的申請，預先早作準備。首先她寫信給厚仁徵求意見，他很快回覆了信表示完全支持。再又請教即將自同濟大學畢業的小哥用濟。這位小哥平時喜愛古典音樂，一聽么妹有出國深造專修音樂的意願，立表贊同，並且說：

「古典音樂發源地是歐洲，歷代樂聖都是歐洲人，要想學習交響樂和作曲，當然要去歐洲留學。我們老爸曾任歐洲很多國家駐使，購買不少名曲的留聲機唱片，在北京家中，時常聽到從書房內傳出美妙的樂聲，說明老爸也是音樂愛好者之一。所以我想你要出國留學，老爸一定允許。不過他可能讓你去歐洲，而不是美國。」

「但我想去的還是美國，因為聽說那邊有很好的音樂學院，他們一樣聘請歐洲的大師擔任教授。」

連著三天，孫大爺都未在家晚餐，顯然公務繁忙，用和沒有機會向老爸請示，有些焦急，以致心神不定，大媽和母親都已看出她的神情不同平日。大媽找她問道：

「和ㄚ頭，你有什麼心事？不像你一向直話直說的樣子。」

「大媽、媽媽您二位都早知道，明年我中西女塾畢業，想去美國留學，專修音樂，要向老爸請示。但多日沒有機會，而留學申請許可，不能遞延太晚，所以有點著急，求大媽、媽媽替我說說好話，行嗎？」用和勉持鎮定地回答。

「你的事，我一直都放在心上。但這幾天你爸公務特忙，回家時間都很晚，你且安心，我與你媽會找時機，讓你直接向老爸稟告。」大媽先說。

五姨太也接著對用和說：

「少安毋躁，時間還沒那麼緊迫。」

那是一九三〇年的清明節前後，正是萬物齊生的時令，但卻不是國泰民安的年代。

就在二年前的五月，派在山東的外交官蔡公時，因日本軍閥阻撓國民革命軍進入山東省，蔡與日本軍方交涉，發生衝突，竟被倭寇殺害。接著同年六月，日閥又在京奉鐵路皇姑屯站，炸死奉軍首腦張作霖，其子張學良不甘受辱，同年十二月宣布東北四省易幟，由紅、黃、藍、白、黑的五色國旗，改懸青天白日滿地紅的中華民國旗，象徵中國統一。因之日本軍閥認為侵吞中國戰略刻不容緩，就毫不掩飾其野心，進行種種挑釁行為，使中日局面形成劍拔弩張之勢。由於孫莫寒曾任外交總長兼國務總理，清末宣統年間，還當過山東巡撫，與日寇交涉較有經驗，所以南京要員常到上海找他謀商對策。孫氏為襄助國府，運籌國是，使他忙得連與家人都少見面。

忙中抽閒，好不容易在百忙中，選定一日傍晚提早回家，用和放學回來時，看到書房門開著，老爸已經坐在書桌後面椅內，心中大樂，趕忙衝進書房，撒嬌地說：

「爸，你真是大忙人，連女兒都難得見上一面。」

「不要急，有事慢慢商量，小全寶貝的事，必定排在第一優先，有何大事，你說罷。」

老爺子端起茶杯喝茶，正要聽聽女兒要講什麼時，女傭李嫂站到書房門口報告說：

「晚飯已經預備好啦，請老爺小姐到飯廳用餐。」

進入餐廳，大媽、五姨太、用濟少爺等已經坐在餐桌等候，大家坐定後，孫大爺先開口說：

「許多日子沒有在家吃晚飯，今日和你們共用晚餐，感覺特別愉快。聽說小全丫頭有事找我，那就說吧，正好大家可以一起商量。」

「爸，我有非常重要的事報告，也要聽老爸的指示。過年我將從中西女塾畢業，想去美國留學，專修音樂，符合我的興趣，而且我已向美國紐約的茱莉葉音樂學院申請入學。我們中西女塾的校長還特地給我寫了推薦信，獲准入學許可的可能性很大，但是否可去留學，就看老爸的指示。」

老爸臉上稍有倦容，他沉凝想了一下，緩慢地說：

「小全的事，確很重要。按中國人的舊觀念，女孩子家，讀了點書，就等有個好婆家，高中畢業，那還需要升大學，更不談要想出國留學。但是我們家的孫用和，真的不同，聰敏勤學是個可造之才，所以基本上我不反對小全出國深造。只是這幾年來，我覺得身體衰老得很快，精神體力大不如前，所以正作辭官打算，退休安度餘年，因之我實在捨不得我的寶貝么女離開，有你陪伴在家，這家庭就有歡樂氣氛，所以……」

老爸說到這裡，嗓音似乎有點哽咽，這時用和聞之動容，被感激到淚流滿面，不忍再讓老爸繼續講話，急忙上前，抱著老爸肩膀，抽噎地搶著說：

「爸，不用再說啦，我也捨不得離開您，我就不出國了。」

這時在場的大媽等人，都被這父女倆感人的場景而喜泣不已。還是大爺很快回復鎮定，又緩緩地再往下說：

「小全，爸不會那樣自私永遠把你扣留在家。我只是想能否讓我寶貝女兒在家多陪老爸一年。也就是那邊入學許可申請延後一年，那時趙家孩子，也從燕京大學畢業，想必也會去美留學，若是你們二人作伴同行，我會比較放心。全兒，爸的心意，你明白嗎？」

孫用和又是帶哭帶笑，抱著老爸親切地說：

「爸，我全部聽從您的。」

一場啼笑兼有、極為溫馨的家庭親情劇，於是歡喜落幕。

用和立即把當時的決定，用他們非經典式的通信告知了趙厚仁，信紙上面畫了三個小人頭，分別是流淚的、笑臉的和豎大拇指的。厚仁看了充分明白含意，自然十分高興，也感謝孫老伯所作開明的決定。

過年後從暑假開始，孫用和毋須上學，所以能用全部時間陪伴老爸，而孫莫寒也辭掉了「淞滬商埠總辦」的職務，過著退休生活，除了少數的必要應酬之外，也以所有空閒時間或在書房，或在庭院與愛女聊天，有說有笑，反讓兩位太太輕鬆閒著。有日天氣晴朗，女兒扶著父親相偕去到兆豐公園散步，在藍天碧地的大自然空間，遠離一切雜務，享受親子之情，可以說是孫莫寒一生中從未有過如此輕鬆自在的閒情樂趣，因之對么女的孝心，至感愉快。

用和挽著父親，環繞清澄的水池走了一圈，找了兩個石凳稍坐，好讓老爸休息。用和找出自備的水瓶，請老爸喝了二口溫水。想不到老爸感慨系之說了一大段話：

「小全，我知道社會對我一妻四妾、十八個兒女頗有微詞，不過我一生服務公職，不論任何職位，無不竭力以維護國家利益為首要，舉例而言，一九〇七年我出任駐使德國大臣，就與德國交涉歸還青島，未有結果；一九一一年我轉任山東巡撫，曾力阻德國取得山東礦權有成；民國之後，我因反對日本提出的二十一條不平等條約而辭去外交總長及國務總理職務。這些事情，有的你還未出生，有的你尚在嬰孩，你當然不懂，可是到了現在，日本侵華的野心，更加顯露無遺，二十世紀之中、日兩國難免會有戰爭。我已老了，也許看不到會有怎樣的局面。我跟你說這許多話，只是表達我對過去無愧於心，對未來我深有憂心。」

孫用和從未聽到老爸談他官場的事，也不知他的內心世界思想些什麼，是得意？還是失意？今天她初次聽她父親講了國家的事，而且也有不少慨嘆的話。她很想找幾句話給爸一些讚美，也給爸一點安慰。但她不知從何說起。正猶豫間，突然福至心靈，想起一個謎語，於是用她從未試過的委婉語句，對她爸說：

「爸，我好愛您，您是世上最偉大的父親。剛才聽您講的官場故事，我想請你猜個謎，不知您是否願意？」

「小仝，你想考考老爸，是嗎？如果我猜對了，你給什麼獎品？」

「爸，您倒反過來先將我一軍，我沒有錢，買不起珍貴的獎品，這樣吧，我把謎底謎面當個故事來講，那就沒有輸贏的問題，可以嗎？」

老爸聽了，哈哈大笑，說：

「原來小全也有怕輸的時候。好啦，你就講故事吧。」

「爸，不是我怕輸，而是怕您輸。」

於是用和開始講故事：

「我在滙文二年級國文班上課，周老師在黑板上寫了四個大字『半真半假』，要同學們猜一個單字。老師只給我們三分鐘，誰先想到，誰就舉手。結果不到二分鐘就有一個姓程的同學舉手，老師請他走上講台，在黑板上寫了一個大大的『值』字，周老師帶領全班同學給他鼓掌。爸，您說這個小故事還好嗎？您會猜得到嗎？」

「非常好，如果要我猜，大概只要一分鐘。不過那位周老師有沒有講解謎面和謎底的涵義？」老爸有答也有問。

「老師有講，說那謎面意指世間萬象，往往半真半假，亦真亦假，有時假能成真，真能成假。關鍵在於真假背後的意識和觀念是善是惡。老師勉勵我們，人生中必須具備正確的價值觀，才不致誤陷歧途。爸，您說是嗎？」

「你們老師講解得很好。我對謎底『值』字有點小小補充，就是『人要正直』，才有價值。這是我們祖先造字的義理，不可不察。」

「爸，您的指示很正確。不過我想您在官場四十多年，必然遇到許多浪濤起伏，不知其中有多少半真半假。但我相信，如您剛才所說的『無愧於心』，所以我能斷定，您的一切作為，都必有其正面的價值，我也以做您的女兒為榮。」

孫莫寒聽了愛女的許多說詞，心中欣慰，便接著說：

「全兒，你真的已經長大了，沒有想到你在認事說理上已經成熟不少，我對你明年出國也放心了不少。只是現在世道日衰，畢竟你還是年輕少女，單身在外，還是處處要謹慎小心，尤其在外國社會千奇百怪的都市百態和人物，你都從未見過，所以要格外注意，防人之心不可無。」

用和聽她老爸給她的誇獎，以及給她的叮嚀，感動萬分，再一次擁抱老爸，輕輕地對著爸的耳邊說：

「爸，您別為我憂心，我會好好照顧自己，而且那時還有趙厚仁就在鄰近城市，隨時給我協助。倒是您老太爺要多多保重身體，小心風寒，不要勞累。」

孫大爺覺得么女兒成長得聰穎美慧，是他晚年生活中最感欣慰的滋養原素，特別是女兒要他多多保重的進言，格外覺得溫馨。事實上，以他現在六十多歲的年齡，的確處處力不從心，所以他立即回答說：

「小全，爸會聽你的。」

時間已不早，父女二人挽著手，一同慢步從公園走回家中。進得家門，老爸有點口渴，就說：

「全兒，你會不會給我沏一杯新茶，我想喝杯熱茶，沁沁脾胃，你會做嗎？」

用和聽到老爸要她去泡茶，感到有點特別。因為這類事務，一向都由大媽或她母親交代女傭去做，如今老爸忽然吩咐要她去辦，心中暗喜，老爸對她愈來愈有信任。但是她對泡茶本無經驗，所以一邊在想，一邊回答：

「我會，我立刻去泡，但不知您想喝哪種茶葉？」

「烏龍茶。」

不一會兒，用和托著茶盤，裡面放著一把茶壺和兩隻有蓋茶杯，上面都有紅色設計的圖案，走進書房放在老爸前面。老爺子不等女兒給他斟茶，就自動打開茶蓋，斟了半杯，啜了一口笑說：

「小全什麼時候學會了泡茶？不過你有沒有洗茶？」

「洗茶？我沒有聽說過，什麼叫洗茶？」

「所謂洗茶，就是要把第一泡倒掉，才能喝到茶的本味。」

「爸，對不起，我不懂這個道理，所以沒有洗茶。」

「小全，我告訴你，中國人講究喝茶，並非光為解渴，而是從飲茶中品嘗人生韻味，還可忘憂解悶。而且茶葉的種類繁多，不同的茶，要用不同的水和不同的時間去泡，方可泡出茶葉最好的清香芬芳，這就是中國人的茶道。」

「飲茶有那麼多的學問？」

「不錯，不要輕看這一小杯茶水，裡面卻蘊藏著廣闊的天地。一千二百五十年前，唐朝有一個名叫陸羽的，走遍了中國大半個茶山，遍嘗各種茶葉的風味，寫了一本書《茶經》，那是中國茶道的經典之作。如果懂得書裡敘述喝茶的全部奧妙，那喝茶的樂就如同他的名字一樣，幾乎可以『羽化而登仙』。」

「我明白了，謝謝爸講了那麼多的茶道，不過剛才給您沏的茶快涼啦，請您先將就喝二口吧。」

老爸端起茶杯喝了二口，又從小茶壺內再把茶杯斟滿二杯，父女同飲，洋溢著親情深深，溫馨無比。

一個天真爛漫、純潔無邪的少女，也正要編織她未來的美夢。

第五章　老成凋謝、世紀喪禮

時序進入深秋，即使南方上海，氣候也漸蕭瑟寒冷。愚園路、靜安寺路一帶，道旁一排排的法國梧桐，樹葉已經變了黃色，微風一吹，黃葉紛紛落地，孫用和騎著自行車進進出出，頗有行在金黃馬路的浪漫情調，所以她常常一邊踏車，一邊吹哨唱歌，深有不亦快哉之感。但葉厚路滑，某日回家，一不小心，她連車帶人，倒在地上，幸好只是皮膚受點小傷，並無大礙，於是緩緩騎車回家，心中稍有不悅。

進入宅門，大媽和她母親輕輕告知：

「老爺子今天出門，受了一點風寒，時有咳嗽，所以提早回來。現在樓上休息，你要輕聲些，不要吵了他老人家。」

用和先進自己臥房，用酒精棉擦了小腿傷處，再用藥棉棒塗了些紅藥水，並不覺得疼痛。於是走過通道，直往老爸寢室走去，卻見大媽從室內出來對她說：

「你爸正等你呢。」

用和緩步進到室內，看到老爸背靠枕墊，斜躺在床上，她再上前一步，站到床邊，叫一聲爸，又說：

「您休息二天就好，沒有事的，我這二日會全天伺候著您。」

但她靠近老爸身體時，感到老爸似有熱度，所以又說：

「爸，我替您量一下體溫，可以嗎？」

「好啊。」

用和把測溫計擦了酒精，然後放到老爸口中舌下，一分鐘後取出，看了一下水銀柱，標示著華氏九十八・五度，顯然是在發燒，心中暗驚，但表情沉著，只輕柔地說：

「爸，沒有事，只是輕微稍有熱度，我幫您倒杯溫開水，然後扶您躺平，小睡一會就好。」

「嗯，我是想睡一會兒，小全，有你在爸身邊，我就安心。」

用和幫著老爺子在床上躺平，喝一口水，再替他加上一條薄的毛毯，然後輕手輕腳走出臥房，把房門闔上，到得樓下，急著找了大媽和她母親說道：

「剛才我給爸量過體溫，接近九十九度，恐怕需要醫師診治，我想現在就給用濟哥通個電話，要他在同濟醫院請那德國醫師能否來家裡給爸診療一下，看看是什麼病症，行嗎？」

「事關重要，你趕快就去跟用濟連絡。」大媽說。

五姨太陪了女兒用和走進書房，撥了電話號碼，鈴響很久，無人接聽，正要掛斷，對方有了回音，就是用濟。於是用和略帶匆忙地說：

「濟哥，今天爸得了風寒，我給他量了體溫，接近華氏九十九度，你能否請你們大學裡的德國大夫來家診斷一下，開個藥方？如果可以，請回個電話，我們馬上派小吳開車來接，你看怎樣？」

「當然要辦，我現在立即去找舒爾茲博士，跟他講好了馬上回你電話。」

隔了十五分鐘，用濟回電說，舒博士同意立即出診。於是吩咐小吳馬上開車前往同濟大學，接小少爺和德國大夫來家給老爺子看病。小吳立即遵辦，車子回到愚園路時，已近傍晚黃昏。

用濟陪同醫師進到屋內大廳，五姨太命女傭咖啡侍候。用和先以英語把老爸狀況向大夫作了簡單說明，然後五姨太上樓看看老爺子是睡是醒。接著在樓梯口向樓下招手示意，於是用和領著用濟與德國大夫一同步上樓梯，同時對她母親說：

「媽，您和大媽暫勿進入房內，免得老爸感到緊張。」

五姨太體會到女兒的細心，便陪大媽暫坐客廳等候，兩人內心都有些許不安。

用和帶著舒博士大夫及用濟一同進入老爸臥房，老爸咳嗽了二聲，先問：

「小全，你剛才不是說沒有事嗎？怎麼請了大夫過來？」

「爸，您的體溫稍稍高了一些，又聽到您有咳嗽，所以我給小哥打了電話，他就請了大夫來啦。」

用濟湊到臥床旁邊，對著老爸說：

「爸，這位舒爾茲博士是我們同濟大學的教授，也是同濟醫院的內科部主任，他聽到老爸身體不適，主動要來為您診療。」

舒爾茲大夫走近病人，伸手跟孫大爺握手，一面仍用英語禮貌地說：

「久仰總理先生大名，我與用濟是師友，今日能來給您看病，是我的榮幸。」

「非常感謝舒爾茲博士。」孫莫寒曾任駐德大使多年，所以用流利德語回答，讓舒大夫感到意外，也縮短了醫病之間的距離，更讓用濟、用和兄妹二人深感欣慰。

舒爾茲大夫用聽診器，在病人前胸後背仔細聽他呼吸，也聽他心臟跳動，再以象牙片壓住舌頭用手電照光看他喉嚨，經過十來分鐘診，然後對用濟、用和二人說：

「目前總理先生是得了感冒，支氣管有點發炎，現在天氣已漸寒冷，所以引起咳嗽，也有點發燒，我想打針及服藥後應該就會減輕。不過肺部和心臟聽診，似乎稍有衰弱現象。等此次病癒後，最好能請總理先生到醫院做X光肺部和心臟心電檢查，比較準確可靠。」

舒爾茲大夫說的話，孫大爺都聽得很清楚，所以沒等用濟、用和回答，便再用德語直接回答：

「沒有問題，我可以去醫院做檢查。」

用濟與用和齊聲說道：

「爸，您真是一位勇敢又合作的病人。」

舒大夫給孫大爺注射一針退燒劑，又從藥箱取出一些藥丸藥片，對著用和說：

「服藥三天後，身體應該會輕鬆些。」

然後又對孫大爺說：「總理先生，您多保重。」

用濟、用和陪同舒大夫走到樓下，大媽和五姨太仍在客廳飲茶，舒大夫居然用華語對著她們說：

「二位夫人，再見。」

送走大夫之後，母子女四人一同再到樓上，看到老爺子已經閉目休息，於是留下五姨太在旁陪侍，大媽帶著么兒、么女下樓，再到客廳坐下。大媽顯然愁容滿面，對著二人說：

「家裡兒女成群，沒有一個在家，幸虧有你們二個最幼小的幫著照料。其實這二個月來，我就看出老爺子常有疲勞的樣子，雖然蔘湯燕窩，天天都有進補，好像沒有多大益處。現在已入冬令，天氣會很寒冷，我還真有點擔心。」

用濟聽了大媽說話，便接著說道：

「爸爸看來雖是有點老態，但步履正常，應該不致於有太大問題，而且舒爾茲博士是上海的第一流醫師，他的醫術和醫德是可信賴的。大媽請勿憂心。」

「我陪爸爸去公園散步，看他走路時的體力和腿力都很健朗。爸爸一定平安無事。」

講到這裡，大家心裡似乎多了一分安全感。

三天後，孫莫寒的病情稍見好轉，體溫回降到正常，但咳嗽尚未完全停止，而且略有氣喘現象。家人中唯一朝夕在旁伺候的是用和。藉此時機，用和把她未來留學的生活規劃和希望實現的理想，一一向爸陳述，其中當然包括準備和厚仁的結合。老爸聽得滿是高興，還時時給予鼓勵，身體也覺得舒服很多，所以說：

「小全，爸對你放心，望好自為之。」

可是大媽內心的憂慮未稍減輕，因之對用濟說：

「前幾天德國醫師說，要請你爸到醫院去做什麼檢查，如果是必須的話，那你就跟大夫連絡，選個晴天的日子，陪老爺子去醫院，早做比晚做好。」

「是，大媽說得對，明天我回學校，我就立即找舒爾茲博士，請他安排一切。不過照我的想法，既然要做多項檢查，勢必要在醫院住上幾天，那我也得做些準備。」用濟答道。

這時用和正從樓梯下來，聽了大媽和用濟的對話，接著插嘴說：

「倘若爸要住院，我就日夜在醫院陪侍，大媽和母親都不能過於勞累，還是住在家裡較好。」

「我也在想，我已六十開外，如果每天早晚在醫院服伺，不知能撐幾天。小全畢竟年輕，有這樣孝順的女兒，是我們孫家有福啦。」

「大媽，不要這樣說，做女兒的就應當這樣的呀，否則生我這小么女幹嘛。」

五姨太恰從廚房出來，聽了高興，也附和著說：

「老爺子疼愛小全，沒有白費。」

又過了三天，用濟來家回報，醫院已經做好一切準備，包括派救護車來接和老爸入住特別病房的安排，都已講妥，只要老爸願意，明天、後天或任何一天，都可去醫院報到。

當晚大家一同進入老爺子臥室，由用濟一五一十把醫院所有準備情形向爸報告，然後聽候老爺子指示。

孫大爺臥床多日，原已稍感煩悶，趁此機會換個環境，到醫院住幾天，亦無不可，於是開口表示：

「那就通知醫院，明天好啦。」

次晨大家一早就準備出發，醫院救護車也在用濟帶路下準時到達，但是沒有料到當日天氣非常惡劣，風雨之中，還帶著一些小小冰雹，看看溫度計，氣溫接近華氏三十二度，於是大家商議改天再去，免得老爺子受到風寒。哪知報告老爺子後，聽到指示說：

「已經約定好的事，不能隨意改變。」

用濟一聽，連忙招呼救護車的護理人員上樓，用輪椅護著抬下樓梯，剛到大門口，一陣寒風吹來，老爺子立即打了一個噴嚏，用和馬上拿一條羊毛圍巾，圍上老爸脖子。進入車子，關了車門，車內溫暖，消除了剛才的冷冽。大媽等人乘坐小吳開的車子隨後同行。

抵達同濟醫院，隨即進入病房。室內光線明亮，病床可以升降調整，衛生間乾淨清潔，最大優點是正病房隔壁有一間小休息室，而且兩房之間有扇小門可以互通，用和大為滿意，因為她在陪伺期間，可以隨時瞭解老爸的動靜。

經過二天仔細檢查，證實孫莫寒的心臟與肺部都有衰弱現象，而且肺部稍有積水，以致發生氣喘和咳嗽等症狀，治療方法恐需多元並進，包括去除肺部積水，使用正壓呼吸器，以及隨時觀察心電圖以防心律不整等。

舒爾茲博士十分關切孫氏病情，特地很鄭重地向用濟與用和說明：

「總理先生的病情，不如最初想得那麼簡單，仔細檢查顯示，肺部和心臟都有症象，恐怕需要較長時間住院治療。但根本原因還在年老體衰，因之治療上可能較為吃重，但我們醫院必盡全力而為。」

用和與用濟聽到舒爾茲博士的說明之後，知道老爸病情相當嚴重，心中都感緊張，特別是該不該向大媽她們說明實情，和要不要讓老爸本人知道。二人商議很久，最後決定，大媽、五媽應該要讓她們瞭解，老爺子本人則暫緩。

住院已經二個星期，孫莫寒自己感覺到氣喘與咳嗽並無太大舒緩，而最讓他起疑的是，近來用和臉上常有的笑容，顯然難得一見了。於是有一天用和幫助老爺喝水時，老爺子就問：

「小全，我的病情醫生究竟怎麼說，你們有什麼隱情瞞著我嗎？」

壓抑很久的憂鬱情緒，經此一問，用和內心隱藏的焦慮，再難克制，一下子就淚水直流，勉持鎮定地握著老爸的手，沉重地說：

「爸，親愛的爸，說實話，醫生確是認為您的病情複雜，相當棘手。」用和說到這裡，又壓不住激動，繼續往下說：

「親愛的爸，您不能拋下我們，我要您永遠和我們在一起，我要陪伴您一輩子。」

老爺子當然立即知道自己病情必已十分嚴重，用和才有如此緊張表情，反倒用手拍著用和肩背，平靜又緩慢地安慰著說：

「小全，不要哭，你是我最寶貝的孩子，你先坐下。我跟你說，其實我在住院之前，就已預感此病恐將不起。現在如果證實病情嚴重，我並不恐懼，但我要你答應，一旦爸離開人世，你一定要堅強，力求上進，不能自暴自棄。」

用和聽爸如此對她說話，更是泣不成聲，然後邊哭邊說：

「我一定聽爸的話，但我相信爸的病一定會好的。」

老爺子又繼續吩咐：

「你跟你小哥，明天陪著大媽和你母親都來醫院，我想和大家說話，好嗎？」

「是。」用和很沉重地答。

時屆嚴冬，上海同北方一樣，冰天雪地。一般民眾大多躲在家裡避寒，所以馬路上行人稀少，電車裡乘客也是寥寥無幾。孫府轎車，行駛從市區到吳淞路上，好像唯我獨行。車抵醫院，舒爾茲博士已在門口迎候，大家走進大廳，先聽舒博士的病情說明，似乎醫方已盡全力治療，仍無起色，現正等待德國一種新藥，如能及時買到，或可有救，否則終將不治。大家聽了病情說明之後，黯然相對，沉默無語，最後還是大媽問了一句：

「如果無藥可救，老爺子還能存活多久？」

「估計總理先生的生命，按現在症狀來說，還有個把月。」

孫家人聽了，個個含淚飲泣，無法言語。還是用濟提醒大家，不能這樣進入病房，不然反增老爺子痛苦。於是大家勉強整容，由大媽領先，隨著舒大夫進到病房。

孫莫寒畢竟飽歷滄桑，人生觀念至為豁達，見到大家進得房來，人人愁容滿面，反倒先說：

「小全，由你帶頭，大家來點笑容。」

大家勉強擠出一絲笑意，用和則更為難過，此時怎能笑得出來？但也使她更加感受到她爸愛她之深，無以言狀，只能佯作破涕為笑。然後聆聽老爺子一字一字對著大家鄭重地說：

「我早知道我的身體日漸衰弱，也知道每個人的生命都有天年所限，大限來到，誰也無法逃過，這是自然法則，所以不必悲傷。現在我有件事，我的孩子們東分西散，平時很少見面，盼望他們能否在我離世之前，大家回來上海，見個最後一面，我就無憾。」

老爺子停頓休息一下，繼續說道：

「還有件事非常重要，我要你們知道。今年年初，我已預寫了一份遺囑，並請一位忘年之交的好友，十分傑出的江大律師做了見證。這份遺囑一直放在江律師花旗銀行的保管箱內，等我哪天往生時，可請江律師與我家人會同啟封。江律師是我指定的遺囑執行人，盼望大家用平靜和平常心接受處理，我就可以瞑目。這事特別要煩大太太黃妹子多多擔待。」

當時在場的家人都暗地落淚，但都不敢哭出聲音。尤其是大太太黃氏與孫莫寒結褵四十多年從未分離，現在聽了老爺子的遺言，只能泣不成聲，勉強答道：

「請您放心，我相信您的病會漸漸好轉。您的吩咐，更不必操心。您說話多了，最好先休息一會。」

孫府兒女眾多，分居歐、美及南洋各國，也有散居在國內各省。有時老爺子因妻妾子女過多，他也常常記不清楚，哪個孩子是哪房所生，排行老幾，除了么兒么女之外，名字與本人往往對不攏來。尤其成年子女都已結婚，對方親家，不是達官顯要，就是紅頂巨賈，他們生的內外孫輩，更難一一記得。幸虧大太太黃氏記憶力強，就命孫府家庭總管老蘇逐一列單，各別通知，並且製作每人名牌，寫上名字，以便老爺子識別。

通知發出後，兒子媳婦、女兒女婿，以及內外孫輩，陸續回家報到，除了遠在歐美，因天寒地凍無法及時趕回之外，來滬的晚輩子孫先後都進病房探視老爺子病情。孫莫寒雖已十分衰弱，意識有時清楚，有時模糊，但當知道有家族晚輩來看望他時，必定勉力睜開眼睛，看上最後一面，偶爾還作個微笑給後輩們最後一個溫馨的印象。連續多天，用和始終站在老爸病床旁邊照顧伺候，清楚看到老爸病情日衰一日，病疲之態畢顯，氣息更是微弱。而舒爾茲大夫所謂的德國新藥一直未能出現，心中萬分焦急，恐怕老爸大去之日，已在不遠。

不幸一九三一年三月二日上午，舒爾茲博士從病房出來，帶著嚴肅的面容，對著廳內所有孫府家人作出宣布：

「總理先生已在今日十時十五分停止心臟跳動而辭世，病因是心肺衰竭，無法挽救，所以我現在只能宣布，總理先生已經死亡。」孫莫寒享年六十八歲。

這時大廳內一片沉寂，靜默得絲毫沒有聲音，沒有人敢哭出聲來，等待多時的德國新藥落空，只能接受悲痛的惡果。這是孫府天塌的末日，飲泣是唯一的承受現實。

當天上海的晚報，首先發出孫氏病故消息，次晨《申報》和《新聞報》都以極大篇幅詳細報導孫氏病逝經過。於是所有當時政壇顯要、各國大使，以及各界聞人紛紛致唁，表達哀悼。但最讓上海人大開眼界的是，孫府在上海各大報刊登的訃聞，其中未亡人、孝男、孝女以及孝孫輩的名字就占了半頁報紙版面，可以說是新聞界未之前有的奇事。

公祭出殯之日，上海萬國殯儀館門前車水馬龍，靈堂布置莊嚴肅穆，各界親臨弔唁的人士絡繹不絕。出殯時沿途人山人海，比看城隍爺出巡還熱鬧，可謂備極哀榮，而被媒體稱之為世紀喪禮。或許足以說明孫氏在他總辦任內，為滬埠推展貿易、便利通商，做了不少讓人民有感的事。

孫府喪事辦完，江大律師事務所隨即於次日發函通知，邀請孫府所有在滬家人，於第二日到他事務所出席會議，討論孫莫寒先生遺囑執行事宜。隔日孫府家人全部到齊，江大律師準時進入會議室，首先對孫先生病逝表示哀悼，並望孫府暨全體家人節哀保重。繼即鄭重說明：

「我現在手上所拿的這份密封信件，就是剛從我銀行保管箱內取出孫先生的遺囑原件。本律師受立遺囑人之託，委為遺囑執行人，自當一切依法辦理。現在要請各位推舉一人，與我會同拆封。」

在場無人異議，一致推請大媽黃氏夫人，並由長子用仕、長女用惠陪同上前會同拆封。可是拆開一看，遺囑全文很長，大媽無法看懂，便請江大律師代為宣讀，並由長男、長女複閱。從遺囑內容來看，孫莫寒一生為官，可稱清正，並無累積鉅大財富，除北京舊宅屬祖傳遺產之外，上海所住洋房，以及杭州一幢小屋是他自購，還有四十多年官俸銀兩儲蓄分存上海幾家銀行，他都作了公平合理的繼承分配。江大律師一字一句讀得十分清楚，大家也靜靜聽十分明白，但當江律師讀到最後一節附加條款，指明在美國紐約花旗銀行另有一筆專戶存款十五萬美元，指定給最幼兒子用濟五萬美元，最幼女兒用和十萬美元作為他們留學美國深造之用。大家正在專注聆聽時，用和突然大哭一聲喊出「爸爸」二字，當場昏厥過去，一時大家驚慌失措，幸好用濟坐得近，立即施予緊急救助。不久用和甦醒過來，並由她母親五姨太陪著先行回家休息。

用和從她老爸生病前後直到過世，差不多整整半年時間。起初日日陪侍身旁，或在公園散步，或在後院聊天。入住醫院後，更是寸步不離，父女情深，讓老爸在病中得到無限寬慰。但自得知父病乃屬不治之症，她的心情陷於極度焦慮，乃至神情變得憂鬱，整天愁容滿面，以往她慣有的開朗活潑和喜樂也都消失。當天的場合，她一直都在掩面哭泣，不讓出聲，突然聽到江大律師讀出她的名字，實在壓抑不住悲慟，於是放聲大哭以至昏厥，著實讓人心酸。

江大律師在一陣緊張中結束會議前，特別作出結論：

「各位如果沒有別的意見，本律師即將按照剛才宣讀遺囑內容所定事項，進行辦理繼承、過戶、納稅、註冊、登錄暨所有法定程序和手續，到時將分別送請各位繼承人簽字蓋章，請各位預先有所準備。」

孫莫寒身後一應事宜，在辛未年端午節前辦理完竣，他從遜清到民國傳奇性的一生也就此劃下了句點。

第六章　化悲慟為力量

孫用和從她父親病故後，由於過度悲慟，個性有了很大改變，不但臉上不再出現笑容，而且沉默寡言。那天在江大律師事務所昏厥，即刻被送回家，整日昏睡，不吃不喝，有時夢囈連篇，時哭時笑，不知所云。實則在她沉睡時刻，她一直陷入夢境之中，夢裡她陪著老爸在河濱垂釣，在樹林折枝，步上小徑，走過小橋，始終挽著老爸胳臂，享受父親的慈愛。突然浮雲蔽日，一陣驟雨，他們急忙跑進一個涼亭躲雨，沒有掃興，反增風趣。過了一會，他們又在一處山頂，觀賞火紅楓葉遍野，一群飛雁，排成二個人字形，向南飛行，父女同時鼓掌，願牠們找到新枝可棲。但是再過一會卻又變成孤單一人走進坎坷的山區，一不小心竟然跌進一處深坑，無法躍出，不禁放聲大喊，而睡眼矇朧中，看到坑洞高處正有一人放下長長的繩索，助她攀升拉出坑谷，依稀中定睛一看，她的一聲大喊，正是愛的呼喚，身邊站的就是厚仁。用和終於完全甦醒，臉上淚水猶在，勉強撐起身子說：

「我太累了，我以為可以跟著爸爸一起走上天國，不想又回來了。」

原來那天律師事務所內，用和昏厥的一幕，讓大媽和五姨太覺得用和身體出現警訊，兩位媽媽緊忙商議，想出一個辦法：趙家少爺厚仁，此次奉母命來滬參加喪禮，現住國際飯店，大概尚未回家，不妨請他多留幾日，陪伴用和，或可給她一些安慰，早日康復。經過電話聯繫，厚仁當然同意，並且約同孫用濟來到愚園路孫宅探望用和。

用濟與厚仁看到用和醒了，鬆了一口氣，連忙同聲說道：

「且慢急著起床，請再多躺一會兒，好好休息。」

用濟還隨身帶著聽診器給用和診察一下，認為沒有問題，於是用和在床上靠背坐起說：

「讓你們為我辛苦了，謝謝。」

用濟藉詞下樓向二位媽媽報告，先行離開房間，好讓他們二人細談。於是厚仁坐到用和床邊說：

「事實上我來上海已有多天，因為你們全家都在忙著辦理老爺子的喪事，你又悲慟逾恆，我不敢與你接近，但看到你形容憔悴的樣子，實在萬分心疼，我真希望你快快振作，恢復你的朝氣活力。」

用和完全不同以往的快速反應，卻緩慢地邊思邊想說：

「去年我在打算去美留學時，老爸完全一口答應，但卻含著深情，溫婉地和我商量延後一年再去，可以多一些時間陪伴他晚年生活，讓他享受親情的溫暖。當時我看他說話的神情，使我突然領悟，一位老年長輩，多麼慈愛、多麼盼望能從晚輩身上得到些許溫馨，而要求就是那麼簡單，那麼微少，所以我眼淚盈眶，立即抱著老爸說，我也捨不得過早離開他而遠去美國，因之我立即同意延後一年出國。我猜那時老爸大概已有預感，恐怕以後難再見面。誰知僅僅半年，他老人家竟匆匆離世，若不是我留下，那將是我終身最大憾事。老天爺過於吝嗇，沒有滿足爸爸的全部期望，所以讓我格外悲痛。」

用和連續說了許多傷感的話，顯有疲憊的樣子，厚仁遞給她一杯溫開水，讓她潤喉，並說：

「老伯一生給國家做了很多事，子孫滿堂，又享高壽，可稱福壽全歸，你就不用過於悲哀了。」

「那天在律師事務所聽了老爸的遺囑，最後還特別為我留學作了安排，讓我感動得心碎欲裂，很想隨著老爸同去天國，以致當場昏倒。你說今後我該怎辦呢？」

「去年你不是告訴我，老伯嘉許你是可造之才，贊成你去留學嗎？所以我覺得你該振作起來，化悲慟為力量，實踐孫老伯的遺願，才是感恩的最好之路。」

用和點了一下頭，厚仁才敢伸出雙手，撫著用和雙肩，熱情地說：

「我們是永久伴侶，我們要永遠在一起。現在美國各大學春季學期快將結束，我已向美國康乃爾大學申請下一學期的入學許可，我們燕京大學校長司徒雷敦博士還給我寫了推薦函，想必可以獲得通過。你去年已向茱莉葉音樂學院申請延後一年入學，正好我們可以結伴同行，我想這就是孫老伯的本意，要我當你的衛士。」

「你少油嘴。」用和嬌嗔地說。

厚仁繼續又說：

「我媽為我今年夏天出國，已經做好很多安排。她不想一人獨自住在北京，要回河南老家，陪我外公外婆，共度餘年，所以要把北京的住宅賣掉，現正委託仲介處理中，這樣我倒比較安心。因之我回北京之後，還得陪著母親先回故鄉。然後等到畢業典禮，拿到畢業證書，立即摒擋一切，再來上海，和你一同乘輪出國。」

「你的安排是很周全，讓伯母一人住在北京確實不太放心。連大媽也想，要用濟的母親一人在京守著那麼大的宅院，開銷太大，也不心安。不如也把那座宅院賣掉，搬來上海，讓她們三位媽媽如同姊妹一般，生活在一起，比較熱鬧。不過怎樣決定，要看用濟小哥的意思。如果他同濟畢業，要去協和醫院行醫，那就當然保持現狀。至於我母親倒很隨和，一切都由大媽作主。」

兩人談了不少實務問題，沖走些許悲情氣氛。用和從床上坐到床邊，又站到地上，說：

「我進內室更衣，然後我們一同下樓，好嗎？」

「當然好呀。」

數分鐘後，兩人從樓梯走下客廳，大媽等看到用和精神回復正常，心中歡喜。五姨太首先表示：

「趙少爺，謝謝你陪伴我們的小閨女，剛才聽到你們正在談話，就知道她的心情好多了。」

趙厚仁預定後日返京，還有一天時間留在上海，大媽特定囑咐廚房傭人，明日中午多做一點好菜，設午餐為厚仁餞行。厚仁覺得不敢當，正想謝辭，被用和一聲「好啊」，就算定局。

次日上午，厚仁提早到達孫府，見過大媽和五姨太之後，用和約他再去兆豐公園散步。那日天氣晴朗，又值初夏時節，公園內花木扶疏，一片欣欣向榮景象，兩人心情弛鬆，邊走邊談，用和先說：

「過去半年多時間，一直陪侍老爸，後來他又生病，忙著照護，根本沒有空閒練習鋼琴，更沒有時間閱讀書籍，你看我現在是否一身俗氣？」

「哪裡會有，你是個孝女，經過這番大變動，你不但沒有俗氣，你更多了溫良的氣質。你像幽谷中的秀蘭，永遠典雅芬芳，沒有環境可以改變你的氣質。」

「哈，你這位建築工程學士，什麼時候學會了風流？怎麼也會讚美女子，我倒要問，是否交了新的文科女友？」用和說話又回復了往日咄咄逼人的口吻。

厚仁是個誠實的青年，不會花言巧語，一被用和逼問，立刻急著回答：

「我哪敢，只是前些時候，偶在書舖中買了一本胡適寫的《嘗試集》，回家讀了他的新詩，很有興趣，本已抄錄幾首，想寄你共賞，但怕給你打擾，所以保留了。剛才隨便說了花花草草幾個字，倒被你取笑了。」

「那你是否記得那《嘗試集》裡你所喜歡的詩句，背二首給我聽聽，好嗎？」

厚仁思索一下，然後說：

「我記不得太多，但有關相思的詩句，因為我一直都在想你，所以倒能背上幾句。」

「那你現在就請背誦一、二首，行嗎？」

「當然可以，你就仔細聽著。」

「且慢，讓我從包包裡拿出鋼筆和記事本，你背誦時，我可一字一句錄下。」

厚仁躺在碧綠的草坪上，仰望著蔚藍的天空，麗日熙陽，照射在他臉上，也同樣照射坐在身旁用和被微風吹動的秀髮，映出一幅動人的畫面。這時厚仁低聲背誦小詩——

也想不相思，可免相思苦。
幾次細思量，情願相思苦。

又道：

山風吹亂了窗紙上的松痕，
吹不散我心頭的人影。

「好啦，我知道你過目不忘，剛才你背的詩句，果真優美。但我也想起前年你給我一封畫了很多圈圈的信，背面有解讀的詩句，同樣美麗，不知是否出諸你手？」

「我怎會有那麼高的才情，還不是什麼書上抄襲來的。不過我深信，用白話文寫新詩，確實要比那些律句和絕句，自由奔放得多，所以我們現在的青年學生，都在努力學寫新詩。」

兩人在公園中談情論詩，有說有笑，回復了初戀時期愛的熱度。接著厚仁摟著用和的腰，用和搭著厚仁的肩，齊一步伐，高高興興，一同走回到家。

午餐時，厚仁向兩位媽媽報告，等他回到北京之後，即將陪同他母親返回河南老家，與外公外婆同住。所以明天回京，就要料理這些事務。等到參加畢業典禮後，時間大約六月中，就可再來上海，與用和一同辦理出國事宜。

大媽聽了厚仁的說明，甚為滿意，便說：

「趙嫂子要回河南，確是個很好主意，免得你們母子兩邊牽掛。」

厚仁又補充說：

「我外公外婆雖都年近七十，但身體都還健朗。我媽去陪他們，一定很高興。我從小就由這位嗣母撫養長大，父親過世後，更全心培育我接受教育，將來學成歸國，一定要好好孝順報答。」

大媽連聲稱讚，用和的母親也覺得厚仁為人可靠，不用為女兒將來擔心。午餐用畢，厚仁起身告辭，用和送到門外，緊緊擁抱，互道珍重。

距離出國還有一段時間，孫用和在戀愛的滋潤下，顯得容光煥發，心神寧靜，想的盡是美好的未來。她除了每日在家練習彈琴之外，平日常去的地方，就是聖約翰大學附近的一所基督教堂，與教友們共同研讀《聖經》，祈福禱告，把心靈交託上帝，一片虔誠。

特別在她讀到新約哥林多前書第十五章「愛是無可比的」各節經文，讓她充分瞭解愛的真諦，領悟「愛」不是隨意任性之作，而要至誠經營，「愛」才能永不止息。

她因經常參加教堂主日禮拜，認識了幾位主內姊妹，其中有位叫項如玉的，性情柔和，言談得體，兩人幾乎每次都坐同排座位，方便聊天。項與用和年齡同歲，既成朋友，用和偶邀如玉到家小坐，所以項也略知孫家人口狀況。某日禮拜完畢走出教堂，項如玉問道：

「你大概什麼時候出國？」

「預定七月上旬。」用和回答。

「你和你男友同行？」

「應該是吧。」

「那你出國後，家裡除了二位媽媽外，還有什麼人？需要我常去看看她們嗎？」

用和經此一問，暗吃一驚。心想以後家中無一男人，大媽年逾六旬，母親身體一向瘦弱，當然都已不便做粗重的事。司機小吳，因老爺子過世後，大媽吩咐停駛汽車，所以已被辭退。現在家中真是無一男子，尤其夜間，庭院深深，確是不很安全，這倒是件大事，因之用和立刻回答：

「謝謝如玉，經你這麼一問，提醒這是一個問題，需要另作安排。稍後回家，要跟大媽和我母親另行商量。你真是個細心周全的明白人，等事情辦好，一定好好謝你。」

用和回到家中，立即向大媽和母親報告剛才與項如玉所談的問題。兩位媽媽也都覺得這個問題重要，須作安排。大媽想了一下說：

「要不讓用平倆口子搬來上海，有個照顧？」

孫用平是二姨太生的兒子。男孩中排行第六。二姨太病故後一直由大媽撫養。念了北師大，畢業後，在山東濟南省立師範學院當助教，個性溫和，三年前結了婚，尚無生育。老太爺喪事期間，用平攜妻來滬，用和第一次見到六嫂，印象不錯，因之她接著表示：

「大媽說得對，我覺得這樣安排很好。六哥一直受大媽照顧，想必樂於侍奉二位媽媽。不過他的職業問題需要另行設法。現在距下學期開學不遠，時間上相當緊迫。」

五姨太也接著說：

「六少爺一向孝敬大媽，如果他南來上海，等於多給他一次盡孝機會，我想他必然同意。」

大家意見一致，大媽囑咐用和盡快與用平聯繫。首先她給六哥寫信，告知狀況並徵求意見，獲得用平回信，完全同意來滬，陪伴兩位媽媽，職業問題容後再議。

事出意料之外，孫用和拜謁江大律師報告即將出國。提到孫用平的職業問題時，江大律師突然靈機一動，想到好友陳叔謀所辦的私立上海中學（江是該校董事之一），不久前教務主任病故出缺，尚無人補，立即電話陳董事長，經過數分鐘對話，決定由孫用平接任。問題解決，孫家大小欣慰，更感謝江大律師及時援助。

第七章 橫渡太平洋

北京那邊，趙厚仁參加燕京大學畢業典禮後，先陪母親分別前往在京的幾家親友故舊家辭行道別，再把已經仲介脫售的房地產辦妥交割，隔日就侍奉母親搭乘平漢鐵路跨過黃河大橋，到達河南鄭州，再換乘長途公車，返抵母親家鄉中牟縣。

中牟是鄭州府屬的一個縣，民風淳樸，男耕女織。但自國民革命軍北伐遭山西閻（錫山）、馮（玉祥）兩軍阻撓，發生中原大戰之後，遍地斷垣殘壁，破屋碎瓦，看來一片淒涼，不忍卒睹。厚仁內心自責，是否伴母返鄉是個錯誤，反倒嗣母錢氏認為回到家鄉是她畢生願望，全無悔意。

所幸抵達錢家老宅，居然完好無損，令母子二人喜出望外，更慶幸的是外公外婆年屆七旬而身體健朗。當晚錢宅熱鬧異常，筵開二席，所有表兄弟姊妹全部闔家到齊，最高興的當然是外公外婆與閨女相隔十多年，如今團圓歡聚，更是格外喜樂。

次日，厚仁拜別外公、外婆後，跪在母親膝前，久久不起。母子兩人相依為命十八年從未分開，現在離別在即，而且兒子將要遠渡重洋，不知何時再能相見，自是難捨難分。最後還勞外公外婆安慰一番，厚仁不得已告別啟程。

趙厚仁從鄭州搭汽車到山東省的兗州，換乘津浦鐵路到南京，再坐京滬鐵路到達上海。沿途所見戰爭留下的痕跡，不免對國事有些憂心，但從車窗向外看望，寬廣的田野，不是一片片金黃色的油菜花海，便是一波波稻穗綠浪，縱橫阡陌，令人賞心悅目，也讓厚仁興起對祖國神州大地的敬愛。

到了上海，住進靠近愚園路的美琪飯店，然後立即前往孫府。事前用和已有聯繫，早在門口等候。看到一輛紫紅色的雲飛出租車漸漸駛近，便知厚仁來到，歡欣地去打開車門迎接。屋子裡面的兩位媽媽聽到聲音，也出來見面。其實從上次厚仁離滬回北京不過二個多月，用和已有久別之感，等厚仁和二位媽媽稍談片刻之後，便拉著厚仁的手，走向屋後花園，朝著小亭步去，並說：

「這是你我都喜歡的地方，我們在亭內坐坐聊天好嗎？」

厚仁當然表示同意，但剛剛坐定，用和又站起來說：

「我回屋裡去拿兩瓶飲料。」說著就跑回屋裡去。

此時厚仁獨坐亭內，四顧無人，傭僕人手似乎也減了不少，花園內草木也不像以前那樣收拾得潔淨美觀，讓他頗有今昔冷暖不同的感覺。正思想間，用和手上拿了兩瓶橘子汁，開口便說：

「這橘子汁是剛從冰箱取出，可以給你解渴。」

「謝謝，我倒正是口渴呢。」

「趙伯母身體可好？她回河南老家住得慣嗎？」用和又問。

「謝謝你的關懷，我母親身體很好，老家是她從小長大的地方，很習慣那兒的生活。倒是罣念我在國外的日子，後來我告訴她，我們二個學校相距不遠，於是比較放心。」

「老人家都一樣，總會擔心兒女們這樣那樣，我家大媽和我媽還不是天天叮嚀，注意這個，小心那個。」

「我要坦誠向你說一句話，我跟媽在一起時，老是想你。但是我現在想的都是媽，你不見怪罷？」厚仁突然冒出一句似在自責的話。

「你太多心了，該罰。我也說實話，幾乎夜夜夢到你，有喜樂的夢，也有驚恐的夢，但以噩夢為多。每當嚇醒時，我總以為你在我身邊，事實上當然落空。因之我最近很怕夜晚睡覺。」用和說這話時，很自然地靠近厚仁身邊，同時雙眼看著厚仁。

厚仁相當機伶，立即摟著用和雙肩，親切地說：

「你忘了嗎？我們站在高山面對大海，曾經說過，長長久久我們都會永遠在一起。另外我也記得『愛情的代價是痛苦，愛情的方法是要忍得住痛苦』，不過我對那些大詩人的名言倒要作點補充。」

「聽你說話，似乎另有高見。」用和帶著奇異的眼光問道。

「我想補充的是，愛情固然不免付出痛苦的代價，但結果必然是幸福與快樂。」厚仁頗具信心似地回答。

「你這樣說法，是愛情樂觀派？還是幸災樂禍派？」用和盯著厚仁追問。

「我當然是樂觀派，有你這樣快樂天使般的伴侶，能不樂觀嗎？」厚仁得意地回答。

兩人在花園散步談心，有時在水池濯足，享受一下清涼，更充分享受愛情的甜蜜，幾乎忘了正事。厚仁清楚地說：

「我想明天應該去輪船公司訂購船票，不然恐怕訂不到好的艙房，我們一同去好嗎？」

「自然好啊，你說明早幾點鐘？」用和問。

「明天上午九時三十分我來接你，請你報告二位媽媽。」

次晨厚仁依然坐著紅色雲飛出租車準時來到，然後吩咐司機駛往外灘，在沙遜大廈門前停住。兩人進入美國總統輪船公司大廳，就有業務人員過來招呼，詢問是否需要訂購船票、要去哪裡？兩人同聲答道要去美國。那位業務人員立刻展開笑顏說道：

「恭喜你們，我們公司新造的柯立芝總統郵輪，將在下月初的美國國慶日，從上海首航，橫渡太平洋，經巴拿馬運河直達紐約。因為這次是處女航行，所以在離開碼頭時，將有盛大啟航歡送會，對這次航行旅客贈送紀念品。請問二位要訂什麼艙房，我會給你們作最好的安排。」

「我們需要二個單人的房間，最好是隔鄰或對面的二間。」

業務員以為他們是新婚夫婦，所以又補充說：

「這艘新造的郵輪，有二間總統級的套房，其中一間已經售出，另一間可作蜜月新房。如果你們需要，現在就可給你們保留。」

「喔，你誤會了，我們現在只是朋友，不是夫妻，所以還請給我們兩個單床艙房就好。」厚仁立刻又說。

「對不起，真是誤會了。這樣罷，我給二位保留三樓頭等艙房二間，正好隔鄰，又有窗戶，可以向外瞭望。這兒有一本頭等艙房配置圖冊，請二位參閱後作個決定。」

厚仁與用和看了艙房圖片，都覺滿意。於是當場付了船票價款，拿到兩張印有首航紀念文字的船票，確定一週後離開上海出國。

回家向二位媽媽報告經過，並獲同意。剩下時間，要辦最重要的二件事：一要向外交部駐滬領務處申請護照，三天時間就已辦妥；二要向美國駐上海總領事館申請簽證，好在他們具有美國名校的入學許可，二人英語又都流利，所以一切都無困難，順利取到學生簽證，諸事俱備，只待啟程出發。

臨行前夕，六哥六嫂自山東遷來上海。用和看得出來，大媽格外高興，因之她也比較放心。當晚孫府燈火通明，既給六哥嫂接風，又給用和、厚仁送行，還有用濟趕來參加，顯得相當熱鬧，是孫府自從大爺過世以後第一次有些喜悅氣氛的一夜。

一九三一年七月四日上海黃浦碼頭，人山人海擠滿了群眾，都是來看柯立芝總統號郵輪啟航盛況。船上和碼頭上結滿了各式綵帶，還有拋擲彩色紙球紙屑，熱鬧非凡。十二時正，郵輪起錨解纜，三個大煙囪內噴出幾團黑煙，船上汽笛鳴了三聲巨響，所有停留港內的大小船舶，無不一齊響應鳴笛，以示歡送。柯立芝總統號巨型郵輪，在歡呼祝福聲中，沿著黃浦江緩緩行駛，直到出了吳淞港口，加速駛向東海，進入太平洋。

厚仁與用和都是第一次乘坐遠洋航輪，感覺格外新奇。尤其柯立芝號是新造完成的郵輪，一切裝潢、設備布置，都極華美，所以他們二人全輪上下到處參觀，十分有趣。

二個晝夜之後，郵輪駛進日本橫濱海港，這是此次航程中唯一停靠的碼頭，旨在接受日本旅客登船，並增加補給食物與用品。船長宣布郵輪將在橫濱碼頭停泊一天，旅客可以自由登岸參觀，但必須於下午六時前回到船上。

橫濱市曾於一九二三年遭遇大地震，死傷慘重，道路橋梁及各種建築物大半毀損，經過八年全力重建，港口碼頭大致恢復舊貌，市容也還算整齊。厚仁與用和原想遊覽全部市區，但走進市街，到處可見許多政治性標語，例如「實行大東亞新秩序」、「日華滿協助天下太平」等令人怵目驚心，顯示日本軍閥帝國主義毫不掩飾其侵略亞洲鄰國的野心，使他們心中產生極大反感。再走一段，還有滿街巨幅的商業廣告，也以極盡羞辱中國為能事，什麼「中將湯」、「清快丸」等，都在詛咒中國，十分可惡。而在走向碼頭的路上，復又見到日軍輜重卡車，往返絡繹不絕，一副備戰形象，更添憂心。因之他們二人全無興趣繼續遊覽，決定提早回到船上，反覺清淨。

翌晨，柯立芝總統號郵輪自橫濱碼頭啟碇，繼續向東航行。由於輪船新建下水，機械、鍋爐、儀器等航運設備都是全新製品，效率很高，船行平穩，加上太平洋西南季風的助力，一路順風，旅客都感滿意。

十多天後，正逢農曆六月十五望日，一輪明月高懸淨空，碧波萬頃，被照得鱗光片片，煞是奇觀。厚仁與用和二人心情至為愉快，同在輪船甲板找了二張躺椅，坐下賞月。想起中國人有句俗話：「外國月亮大」，雖不合學理，但如今看來倒真不假。一陣清風拂面，把用和的秀髮吹得四面飄舞。引發厚仁雅興，斯斯文文地對著大海和明月說道：

「中國歷代詩人的作品中吟風弄月的詩很多，但詠海的詩句極少，幾乎沒有一首整個讚美海的詩篇，你說是何道理？很想聽聽你的高見。」

「這很簡單，唐宋時代的詩詞名人，全都出生和成長在中原地區，根本很少機會接近海洋，當然他們意識中就很難有讚美海的作品。相反地，月亮是每人每天都能看見，而且永遠帶著柔媚的形象，當然欣賞它的詩篇就很多了。」

「你說得有道理，但你知道唐詩三百首內賞月的詩句共有多少？而你最喜歡的是哪些詩篇？」厚仁又問。

「這下你把我考倒了，我從來沒有去計算賞月的詩句共有多少，只知道很多而已。其中我最欣賞的是李白的『舉杯邀明月，對影成三人』和『舉頭望明月，低頭思故鄉』，淺白易懂，而且富有情感。不過以今天我們在太平洋郵輪上賞月的情景，我喜歡張九齡的『海上生明月，天涯共此時』，你認為怎樣呢？」用和又問。

「我完全同意你的看法，將來成為音樂家兼詩人，更具吸引力。」

「過去我讀古詩、唐詩，少不了有些懷舊之感。現在流行白話新詩，極受廣大年輕人的歡迎，如果未來要想作曲作詞，必須學習創作新詩。最近我在開明書店也同樣買了一本《嘗試集》，閒來一直在讀裡面的新詩，讀得很有興趣，而且把我最喜歡的幾首，全都抄錄在我的筆記本內，你想聽我唸幾首嗎？」

「哇！那太好啦，如果你現在有興，請背幾個小段出來聽聽，也不辜負今夜海上良宵，行嗎？」厚仁用詢問的目光問道。

用和打開她隨身帶著的手提包，取出她的筆記本，說：

「行，我就選二段唸給你聽。」

於是她輕聲唸道〈夢與詩〉最後四句：

醉過才知酒濃，愛過才知情重；
你不能做我的詩，正如我不能做你的夢。

〈也是微雲〉最後四句：

不願勾起相思，不敢出門看月。
偏偏月進窗來，害我相思一夜。

用和側過頭來，看到厚仁閉著雙眼，於是就問：

「你在聽嗎？大概你早已能夠倒背如流，所以興趣不多。」

「不，我正專心聽著呢。同時我也在想，自從五四新文化運動興起以後，現在全國青年學子，都在學寫白話新詩，已經蔚為風氣，可見新文學的聲勢和力量有多強大。其主要原因是在你想什麼，就用現代的語言寫出什麼，不必拘泥於典故和律詩的規範，感覺上就像被綁的困索，已經解除，獲得了自由。但是我認為新詩如果完全不管韻律，讀起來沒有品味。不知你以為如何？」厚仁慎重地回答，也發出問題。

「我同意你的說法，所以往後你我如果繼續學寫新詩，不能寫成直白的說詞，讓它有一點文學氣息，你說對嗎？」

「一路說來，我們好像志同道合。」厚仁又說。

「當然，我們豈可不同不合。」用和又使出嬌嗔的口吻。

月向西斜，船向東行，不知不覺已過午夜，於是兩人站起各自回房就寢。

這艘豪華郵輪，預計航程四十天，全船旅客九百九十人，以歐美西方人占多數，此外東方人包括中、日、菲、越、泰等各國人士都有。船上公共場合除餐廳外，還有娛樂室、咖啡廳、酒吧、圖書室、音樂廳等，旅客可在各個場合進行交誼。厚仁與用和二人年輕英俊，又擅英語，因之人緣頗好，特別西方人士喜和他們交談聯誼，並不寂寞。但是少數日籍旅客，傲慢無禮，厚仁與用和十分厭惡，所以從未與日人接觸。

航程駛過子午線後，再逢第二個滿月望日。那晚夜空月圓如鏡，海上風平浪靜，船長宣布當晚音樂廳樂團全體樂師將移至船身前端寬廣的甲板平台作露天演奏，可讓旅客同時賞月賞樂，大受旅客歡迎，三百多個臨時坐椅，座無虛席。樂團演奏的都是貝多芬、莫札特、孟特爾頌等大師的交響樂曲，但孫用和特別欣賞樂團演奏柴可夫斯基的芭蕾舞曲《天鵝湖》與《睡美人》兩首，當演奏完畢時，她特別興奮起立鼓掌，得到樂團指揮鞠躬致謝，讓她十分滿意。

郵輪航速，在一路順風順水的助力下，很快在八月初就接近美洲新大陸的西海岸，APL船公司早已宣布，航線取道巴拿馬運河，穿越中美洲再在大西洋北上直達紐約，因之船上乘客無不懷著好奇心，期待類似探險的嘗試。

巴拿馬運河是由法國工程人員在一八八一年開始建造，歷經艱險，死亡工人無數，經由美國接手，終於一九一四年完成。運河全長八十二公里，走向由西北到東南，西側靠太平洋，築有兩座船閘，東側靠大西洋，兩洋之間海平面高度相差二十六米，所以航輪從大西洋進入運河，是在船閘中分成三段節節高升，然後到達太平洋海域。反之，船隻由太平洋進入運河船閘，則節節下降，然後進入大西洋。柯立芝總統號輪船的船身寬度和總重量，符合運河船閘規格，所以行駛運河捷徑，可以縮短航程至少十天，便可直達紐約。

厚仁與用和親身也目睹了郵輪通過運河時的奇觀和感覺，深深體認現代工程科技對人類文明進步的貢獻。不到二天郵輪已經停靠紐約港碼頭，駛進港口時，港內船隻同樣鳴笛噴水以示歡迎。碼頭上紐約市民眾更是歡欣鼓舞好似嘉年華會般熱烈歡呼，蔚為大觀。

船身停妥之後，厚仁與用和隨眾魚貫走下扶梯，初次踏上美國本土大地。只見碼頭寬闊廣大，兩邊都有巨型輪船，分別停在左右，也同樣都有旅客上下，熱鬧非凡，不愧為世界第一大港氣概。兩人通過海關及移民檢查後，走出海關大樓，便是紐約市最繁華地段曼哈頓區，抬眼望去，但見大道車水馬龍，街上行人如梭，路旁大廈櫛比鱗次，無不高聳入雲，幾乎遮蔽天日，有如身入水泥叢林之感。其繁華景象遠勝上海外灘。

但他們剛走二個路段，就見路旁高樓底層的商店櫥窗很多掛上了「暫停營業」的招牌。又見大廈基礎陰暗的牆角處，總有幾個看來很潦倒的人，聚在一起遊蕩，顯然都是無業遊民，反映那是經濟大蕭條時代，而紐約遭遇的損傷，最為顯著。

這是他們到達紐約後的第一個觀感，讓他們印象深刻，認識了完全資本主義國家的社會現象，富有與貧窮兩個階層，壁壘分明。這對社會安全，是個嚴重問題。貧富之間的深度衝突，勢必影響社會治安。他們同時停止了腳步，用和首先問道：

「厚仁哥，你認為我們來美求學合適嗎？」

厚仁聽此一問，心中很驚，兩人思維不謀而合，但他畢竟慮事較為周全，眼前所見現象，實則舉世皆然，沒有選擇對錯問題，所以他的回答是：

「用和妹，你是想家了嗎？這次經濟蕭條是全球性的，實則全世界都在與貧困掙扎，不過美國首當其衝，衰相較為顯著而已。但美國的教育辦得相當完善，我們來到這兒求學，選擇是正確的。你的感觸大概是因初離家鄉，不免覺得有點孤單，我們應該關心世事，但仍以求學為先，你說對嗎？」

用和點頭同意，但接著又問：

「現在我們下一步應做什麼?」

「我們應該立即找個旅館休息。」

於是二人打開紐約市地圖，看了很久時間，選定位在麥迪遜中心附近的希爾頓旅館，隨手招呼一輛計乘車，直駛希爾頓。進到大廳迎賓櫃檯訂了第八樓兩間相鄰的客房，由服務員帶同行李引導坐電梯登樓，進房安頓。

由於兩人經過四十多天的海上航行，雖無巨風大浪，畢竟長途旅程，都有疲勞感覺，所以決定各人先吃一塊蛋糕充飢，然後睡一大覺，充分休息，醒後再去逛街。

果然兩人各在房內埋頭大睡，這是他們自從登船以後從未有過的酣睡。兩人差不多同時睡醒，一看窗外天色已黑，時鐘已經指向七點，於是決定各先洗澡，換穿輕便衣服，出去找家高級餐館，用個晚餐。

第八章　繁華都市的陰陽面

曼哈頓區是個不夜之城，雖然現在經濟蕭條，但街上各色霓虹燈商業廣告依然不停閃耀，讓人眼花撩亂。兩人偶然同時抬頭看見一塊招牌，很明亮地照出「大三元」三字，分明是家中國餐館，格外興奮。因為船上四十多天每餐都是牛奶、麵包、牛排等洋菜，已經吃得厭膩。當晚飽食一頓美味可口的粵菜，大呼過癮，認為這是他們來美得到的第一件最佳禮物。

可是餐後走出飯館，用和眼快，看到幾個流浪漢正從飯店後門巷子出來，每人手中托著罐缽之類的盛具，裡面顯然都是飯館給的廚餘餿物，準備吃他們嗟來之食。用和心善，出身富貴之家，從未見過如此狼狽景象，憐憫心油然而起，想把飯店結帳時找來的零錢，分給他們。她用眼神詢問厚仁，厚仁明白她的意思，把零錢接過，走前幾步放在地上。然後仍沿大道，兩人悵然無語，走回旅館。

電梯升到八樓，厚仁先送用和進她房間，陪她聊天，以解剛才所見的不快，所以他先說：

「今天早晨下船時，我問你是否想家，你點點頭。其實我也同樣時時都在想家，畢竟家是我們成長的窩。現在我們翅膀長大，可以四處遠飛，但不管去到哪裡，即使繁華如美國，也替代不了家的溫馨。好在我們來到此地，目的是為了求學，所以今後我們唯有專心向學，方可無愧於心，你說是嗎？」

用和頻頻點頭，並且把自己沙發的坐位移動，可以依偎到厚仁的身旁，然後說：

「厚仁哥，我們這次來美求學，對你來說，學有專長，且有很好基礎，再進名校研究所深造，必將大有裨益。但我對音樂雖有很高興趣，卻無基礎，彈鋼琴只是想讓老爸喜歡，所以我對未來能否有所成就並無信心。倒是在郵輪上聽了樂團演奏許多名曲，大大提高了我好好學習的決心，同時我想在入校報到時，申請志願中增加作曲一門，那就與鋼琴彈奏合成雙修主科，你說好嗎？」

「太好啦，我完全贊成。改天我陪你去辦入校註冊時，會提醒你照此辦理。現在我要談的是，明天我們應該先去花旗銀行，把孫老伯遺贈給你的十萬元存款，轉為用你名字的新帳戶，然後方能有錢繳學費。」

「對，這是第一要務，明天就辦，但銀行手續會有困難嗎？」

「我想不至於，因為江大律師已把孫老伯的遺囑全部譯成英文本，其中生前贈與給你的部分特別摘譯節本，一併送請上海地方法院公證認可，江律師本人也在每項文件上簽名見證，一切無可質疑。這裡的花旗銀行總部，信譽卓著，必定可以照辦，應該不會有何困難。你不是已將那些文件統統帶來了嗎？」厚仁說得非常清楚。

「是的，全部文件製成檔案，放在我的行李箱內，待會我把它拿出來，明天使用。」用和說著，預備過去開箱。

厚仁見狀說道：

「不急，今晚時間已經不早，我們該就寢休息了。明天早晨九點出發好啦，晚安。」厚仁吻她額頭後回房。

次日早晨，在旅館餐廳用畢早餐，回房取出有關文件，時間剛過八時三十分，兩人決定徒步去到華爾街，順便看看紐約街頭的晨景。厚仁翻閱地圖，決定行走方向和路線。兩人信步走來，發覺紐約客（New Yorker）走路速度很快，至少要比東方人每分鐘多走二十步，這給他們一個新印象，將來要和紐約客打交道，必須顧到速度效率。然則另一個問題，那麼繁忙，生活還有樂趣嗎？

走上華爾街後，他們看到一座樓層最高的大廈，再走一段，距大廈較近時，果然看見門牆上標有CITY BANK OF NEW YORK的大字，於是他們進入大門，走到櫃檯向一位櫃員說明來意。櫃員瞭解這非一般客戶，請他們稍候，隨後一位副理出來，請他們進入內會客室。用和再次說明，並把所有文件交付，請他仔細核閱。副理閱後說道：

「我是這銀行的副理，名姓是Robert Smith，文件都已閱過，而且不久前，我們收到江大律師來信，說明案情，一切都無問題，你就是Miss June Sun嗎？」

用和初次正式使用June作為她的英文名字，因為她出生在六月，所以她老爸也曾同意，現在被問，就明白地答：

「是的，我就是June Sun。」

「能否看一下你的護照？」副理又問。

「當然可以。」用和一面回話，一面從手提包內取出護照，遞給副理。

那位副理審慎端詳用和面貌，然後說：

「很榮幸認識孫小姐，今後你就是我們銀行的新客戶。歡迎常來，這裡有一份開立帳戶的申請書，請閱讀後，填上你的姓名、地址、出生年月日以及護照號碼等，並親自簽名，然後我們會給你一本存款憑證和五本你的支票簿。」

這一下用和發現有個問題，她還沒有住處，所以無法填上地址，因之說：

「我剛到美國二天，還沒有固定地址，怎麼辦？」

「沒有關係，我今天先給您存款憑證，等你確定地址後，再給你送上支票，不過那時你要在申請書上補填地址。」

孫用和不知道美國人平時家用開支以及購物等，一概不用現金付款，而是以支票支付，所以銀行所給空白支票本都在支票的左上角印上客戶姓名、地址、電話號碼，還在支票的下邊隱印帳戶號碼，這樣可讓開票人獲得受票人的信任，這是銀行對客戶的一項服務，已成美國消費者付款的習慣。所以當副理解釋後，用和立即表示一切照辦。

大概不到三十分鐘，全部手續完成，副理把一份收到十萬元存款的憑單交給用和，另外他又遞送一張印有他本人職銜的名片給予厚仁。厚仁主動與他握手，自己報名字是Howard Chao。於是互道 bye bye 後，二人離開銀行。

出得銀行大門，時近中午，天氣有點燥熱，但是高樓大廈，掩蔽日光直射，兩人走在街上，反倒覺得有些陰涼。用和辦完銀行手續，心情安定，便說：

「我們找家咖啡店坐坐好嗎？」

「好呀，你看前面左方不就有家咖啡店嗎。」

二人慢慢步行十幾公尺，果然有家店舖門口，掛的招牌是「A & W」，特別標明全部道地美式飲料和餐點。於是二人進入店內，一看內部桌椅還算整潔，便找了靠窗雅座，用和先行坐下，厚仁在店外門口報攤買了一份當日《紐約時報》，與用和對坐，把一疊厚厚的報紙放在桌上。用和先說：

「你的動作很快，今天的報紙都已買了，不知有什麼特別新聞？」

「主要是為你找房子，但我們人地不熟，必須要看房屋經紀人的廣告，等會用完午餐，我們再慢慢地找。」厚仁說。

「好，你想得周到。現在我們吃什麼，先點菜好嗎？」

「這個你比我內行，請你看 Menu 隨便點罷。」

用和反覆看了 Menu，點了炭烤牛排、烤馬鈴薯、生菜沙拉，以及果汁等所謂道地美國便餐，吃得津津有味。用餐時用和問：

「你的英文名字，誰給你取的？你說的時候很順口。」

「那是我們司徒校長給我寫推薦信時為我取的，只是在與人交往為了方便用的，正式學名仍是趙厚仁，你說好嗎？」

「不管洋名、中名，只要孫用和與趙厚仁永遠連在一起就行。」

二人說著笑著，吃完午餐。厚仁打開報紙，翻閱廣告版面，不久找到房屋仲介經紀人的廣告版，一看密密麻麻，不知從何看起，方能找到接近用和學校的地區。來回看了幾次，大概至少有一百多家房屋經紀人的廣告，如果挨家仔細審閱，不知要費多少時間。此時用和出了個主意說：

「厚仁哥，我有個簡單辦法，讓我閉上眼睛，用手畫上幾圈，隨意一點，點上哪家，我們就去哪家，豈不省事，你看行嗎？」

用和的建議，立刻獲得厚仁同意。於是她就真的閉上眼睛，用手像道士畫符一樣，臨空轉了三圈，直接在報紙上某一點停下按指，就算是他們所要的經紀人。誰知這一指點，像似點中了歪邪魔穴，往後若干年間，竟然連續發生不幸又悲慘的事件，降臨到他們身上，真是匪夷所思。是天定命運?還是時代逆流所造成?不得而知。

被用和點中的那家經紀人名稱是Tom Anderson，地點就在十三號街，二人商議一下，決定當天就行動。於是厚仁利用店內的公共電話，照著報紙所刊電話號碼，撥通以後，對方接話者就是Tom，厚仁先問對方中午有無休息時間，據答照常辦公，因即約定三十分鐘後見面。

厚仁與用和喜歡步行，藉此認識紐約街道。半小時不到，就已走到十三號街一棟白色大樓前，看清用戶名牌上Tom Anderson的辦公室是在四樓，二人乘電梯直接進到Tom房間，說明來意。Tom原以為是房屋買賣交易，一聽僅是租屋，稍感失望，但他看到一對俊男美女，於是仍然禮貌地拿著一本出租房屋資料簿，讓他們揀選。

二人正在瀏覽資料內容時，Tom特別過來，向他們指出西七十九街有一所房屋正要出租，那是一排十幢同一式樣的Town house，其中最靠西邊的一幢，房東是從證券交易所退休人員，兒女俱已成家立業，一對老夫婦單住整幢房屋，有點空虛感，所以想把樓下一層出租，增加一點收入。他們有個房客，多一個朋友，而且最歡迎一對年輕夫婦入住。Tom說明之後，專注他們的表情，似乎他們就是合適的房客。

厚仁馬上回答說：

「我們二人不是夫妻，要租房的是Miss Sun，但要請問什麼時候可以看屋？」

「隨時都可以，那幢出租房屋上市不久，已有多人前去看過，如果你們願意，現在就可陪你們去看看。」Tom倒是非常熱心，很想促成這件交易似地回答。

用和與厚仁交換一下意見，同意當日就去看屋。

Tom主動表示，他有一輛舊福特車，專為陪同客戶看房之用，所以邀他們二人同坐一車前往，二人欣然同意並表感謝。車行不過二十分鐘，到達西七十九街的西端盡頭，Tom將車停在一幢房屋前面，用和下車抬頭一看當面的一排樓房，半新不舊，二層樓房，還有半層閣樓，四周環境清幽，覺得還算合宜住宅。

Tom引導二人踏上四步石階，按了門鈴。稍頃有位接近老年的婦女出來開門，後面站著一位看來也屬老者的男士。Tom首先上前說道：

「讓我先給各位介紹一下，裡面二位是房東Mr. Robert Scott and Mrs. Mary Scott，

門口二位是 Miss Sun 和她的朋友 Mr. Chao，這位 Miss Sun 就是想要租房者。」

四人相互握手，說也奇怪，Mary 一見用和，就像見到了熟識好友，分外親熱，立即拉了用和的手，進入一樓預備出租的房間。用和感到一陣溫暖，先把自己的英文名字 June 告知，接著 Mary 便不斷引著 June 看這兒是客廳、那兒是臥房，客廳延伸部分是小型餐廳，之外廚房、衛生間一應俱全。用和在 Mary 友好導覽下，甚為滿意。三位男士隨在後面參觀，都無意見。但 Tom 是仲介人，當然樂觀其成。

Mary 建議先在客廳小坐，方便談話，並首先說：

「我熱忱歡迎 June 成為我的房客也希望將來成為很好的朋友。至於租屋條款，請 Tom 說明。」

Tom 簡單解說一般租屋例規後，用和同意承租，也接受每月五十元房屋租金，可在當天簽約。但她臨時補充意見，因為看到客廳有架 Steinway 的鋼琴，她希望一併承租，增加租金五元。Mary 一口答應，並立即與 June 擁抱。

Tom 見到賓主雙方同意，即刻取出紐約市租屋契約範本，填上已經協議同意的條款，請雙方簽字。房東由 Robert 代表簽字，跟著用和簽上了初次正式使用的 June Sun，就算完成租屋手續。接著用和又在手袋內拿出五十五元，作為第一個月租金，交付Mary，兩人再次擁抱。

那是星期五的下午，時間已過三時三十分，所以須等下週一將June的地址告知銀行，然後可以取得空白支票，因之契約上應付二個月房租作為押金，只能下週搬來進住時再付，Mary完全信任並同意。交易既成，大家告別。

從此開始，厚仁與用和二人正在一步又一步走近魔窟的邊緣，但他們本身都渾然無知，也完全無絲毫預感，未來會有厄運臨頭。當然他們也就沒有任何驚恐或不安。這到底算是幸或不幸，同樣不得而知。

週末兩天，他們準備遊覽紐約觀光景點，不過厚仁提醒用和把租屋地址通知銀行，以便下週可以取得支票本子，用和馬上在路邊公共電話聯絡Robert Smith，告知地址，約定週一去銀行見面。

忙了一天，二人都覺得有些疲倦，於是回到旅館用了簡單晚餐，回房各自休息，一宿無話。

次晨，他們不參加旅遊團體，不坐觀光巴士，採取完全自由旅遊。先參觀了大都會博物館，費時半天。下午再到時代廣場、百老匯劇藝中心等熱鬧地區。第二天專遊自由女神銅像所在的自由島。兩天下來，二人所得同樣印象，除了博物館具有歷史文化氣氛以及女神高舉火炬象徵自由價值之外，其餘各地，無不五光十色，有著濃厚的商業意味或強烈的娛樂情調，對他們而言，都無太大興趣，也就是他們對這世界第一大都市並無太多好感。

第九章

紐約、綺色佳

星期一早晨，兩人很早起床，厚仁幫助用和收拾行李，因為商定今日用和搬進新址，所以先向旅館辦理退房，然後用完早餐，雇了出租汽車，經過花旗銀行取了支票簿，逕行駛往西七十九街，到達一排 Town house 西端最後一幢，看到 Mary 已在門口守候。用和剛下車，Mary 來不及地過來與她擁抱，連說歡迎，讓用和樂不可支。

Mary 還幫忙提了個小箱子，帶他們進到屋子，用和一看，房間已經打掃得一塵不染，櫥櫃出清得乾乾淨淨，連臥室床鋪都已收得整整齊齊，加上各式家具，無異豪宅。Mary 再引她入廚房，連刀叉盤碟，都每樣準備了兩套，真把用和驚到喜出望外，只能連聲道謝，情感上似乎只有母親才有如此愛心，使她頗有回家的溫暖。

用和忙著把她的衣服從行李箱中取出掛進衣櫥，厚仁幫她把日常清潔用品，放到衛生間內，二人合作得十分愉快，厚仁打趣地說道：

「June，你說我們是否很像已婚夫婦。」

「不許亂講，小心你的油嘴。」

二人正談笑間，忽然看到 Mary 從樓上下來，手上托著一個盤子，裡面有一碟三明治和洋芋片，另外還有一瓶飲料，同時說道：

「你們下午不是要去學校報到嗎？你們已沒有時間出去午餐，所以我準備一些食物給你們充飢。」

用和見到 Mary 如此殷勤，感動得幾乎落淚，心想她是另一個媽，不禁脫口而出：

「親愛的 Mary，你好像是我的母親。」

Mary 哈哈大笑，說：

「我的女兒比你還大幾歲，去年結婚跟她丈夫去了西岸舊金山矽谷，我正時時罣念。正好，現在你就算是我的小女兒，真是感謝上帝。」

說完在 June 臉頰上親吻一下。接著拿出一個鑰匙包，交給用和，又說：

「這是大門和你房門的鎖鑰，以後你可經常使用。還有，等會你們去學校，可在街口搭南向地鐵，大概十五分鐘，就可到達茱莉葉音樂學院，晚上見。」

厚仁與用和一再道謝，照著Mary指點的方向，走上街道，準備步行到三十九街地鐵站。可是他們並不知道他們一腳一步所踏的道路，卻是一條不歸路。

出得地鐵車站，就已看到茱莉葉音樂學院的路標，很快到達校區。但見一座大樓左邊，有許多人進進出出，想必是報到註冊地方，往前一看，果然有塊教務處的牌子，於是走進辦公室，按照次序，填寫新生各種表格文件，輪到要寫申報主修課目時，用和毫不遲疑填了鋼琴和作曲兩門雙修主課，執事的一位女士很親切地對著用和說：

「你就是Miss June Sun？我們歡迎你來到本校，特別知道你是來自遠東的中國，更加歡迎，希望你會喜歡這個學校。」

用和聽到這種友好的言語，心中舒暢，所以辦好註冊、繳完學費，領到學生證之後，建議厚仁在校院內散步和參觀，增加對新環境的認識。

厚仁立即同意，可是校園占地面積不大，地面上大多是建築物，繞了一圈，沒有什麼景觀可看。用和另作建議去到鄰近的中央公園走走。厚仁打開地圖看了一下，公園的西出入口近在咫尺，於是二人即刻由西門進入中央公園，頓時覺得天空變得廣闊明亮，四周顏色碧綠蒼翠，大有豁然開朗之感。二人心情隨之覺得開懷舒暢，難怪紐約客要稱中央公園是紐約都市的肺臟，確是名不虛傳。

二人輕快地在湖邊步道上漫步，用和發現道旁許多鐵鑄座椅，型式與她上海家後院的鐵椅極為相似。因之對厚仁說：

「你看，這不就是我家後院的椅子嗎？快坐坐罷。」

厚仁似有同感，於是就在路邊樹蔭下一張椅子上坐下。用和開口先說：

「這幾天把你忙累了吧？以後就該忙你的了。」

「沒錯，我想明天就去綺色佳（Ithaca），報到入學，往後我們就不能每天相見了。」

「那總得要有聯繫辦法吧，否則兩邊相思怎麼辦。」

「我有個主意，每個週末，我們輪流互訪，好在紐約和綺色佳相距並不算遠，交通也還方便，這樣不但可以時時會面，也可彼此交換學習心得，你說行嗎？」

「行，就這麼定。不過這個星期你已在紐約停留多日，所以本週末你就不用過來，下週末我就去你那邊，但你必須在灰狗車站等我。還有你住定宿舍以後，要先把你的電話號碼給我知道。」

「當然，一切照辦無誤。我們留學生的遊子生涯即將開始，但願你我順心如意。」

二人邊走邊談，中央公園之大，不論走在林間，或是跨上小橋，再或沿著湖邊堤岸，都覺逍遙自在，不捨離去。但看天色，已見晚霞。厚仁打開地圖，其中標誌中央公園內竟有幾家餐廳，於是選定比較靠近的一家米其林飯店，再走三五分鐘，就能到達。

由於分別在即，點了幾道豐富的菜色，如烤豬腳、鹹香雞等，並又要了二杯紅葡萄酒，相互舉杯，互祝珍重。餐後厚仁護送用和回到住處，不再進入屋內，就在夜色蒼茫的門口，親吻道別。

隔天清晨，趙厚仁從希爾頓旅館出發，雇了出租車，駛抵灰狗車站，搭上開往綺色佳的直達車，不過一小時，遠遠瞧見高聳入雲的鐘樓的尖頂，就知到達學校。

厚仁下得車來，提了大小各一的行李箱，匆忙走到學校門口。首先看到的是十來個高班學生，拿著「歡迎新生」的牌子，要給新來的同學當志工，幫助辦理入學註冊繳費和分配宿舍等手續。厚仁心中大為喜悅，覺得康大是個富具愛心與和諧的學府，肯定自己作了正確的選擇。

在學長們協助之下，不到半天工夫，就已辦妥各項手續，他是康大建築研究所一年級的學生，宿舍排在第五號宿舍三樓二號房間，每房二人，室友是誰，還不知道。總之一切讓他滿意。

他把行李和床鋪安置就緒後，在宿舍門口取了校園指南，單獨一人想去看看學校全景。哪知翻開指南第一頁就說，校區總面積占地三平方公里，讓他吃了一驚。等他踏上步道，但見校內道路縱橫，四通八達；道旁校舍建築物，幢幢相連，猶如走入一座小的城市。再據指南所載，校內建築物多達二百餘幢，除了學術研究之用外，還有飯館、商店、托兒所、書店、銀行、郵局等應有盡有。最讓他感到奇妙的是，校園之內居然還有一家旅館。於是朝著標示方向，想去看個究竟，還好離他宿舍不算太遠，走近一看，乃是一座地上四層樓高、地下一層，外型方正潔白美觀的建物，再進大廳，寬敞舒適，厚仁走到櫃檯詢問：

「請問你們旅館是否對外營業？」

「我們完全開放，任何客戶不受限制，只要旅客遵守旅館的管理規則，並且是學生家人。因為本旅館最初設計，除了給旅館系學生實習外，就是為了家長來校訪問兒女，可以在校投宿，這就是本校設置旅館的主要目的。」櫃員回答。

「再想請問，旅舍房間每日收費多少？」

「這裡地上四層樓房，共有七十五個房間，每間都是一樣的標準套房規格，不分等級，每日收費十元。」

「謝謝你的詳細答覆，現在我想預定下週末一個房間，是否可以？」厚仁又問。

「當然可以，幾人入住？現在就可預定。」

「一人入住，是位女士，需否預付訂金？」

「凡是本校學生、教職員的家人親友，免付訂金。」

厚仁十分高興，決定暫勿告知用和，到時可以給她一個驚喜。

到了週末，原已言定厚仁不必去紐約，但他悄悄地一大清早，就到了用和住處門口，伸手到窗戶輕輕敲了兩下。用和探頭向外一望，竟然看到厚仁站在門外，於是趕快開了大門，對著厚仁說道：

「不是講好本週沒有互訪，你怎麼違反約定？」

「我的雙腿不聽使喚，實在因為康大校園太美，我要盡快讓你參觀，保證不會使你失望，所以趕來接你去綺色佳，共度開學後第一個週末。」

「難道今天就要與你同去？」

「正是，而且就是現在。」

用和並無異議，於是先進衛生間稍事淡妝，然後進臥室更衣。出來時果然玉潔冰清，就像六月初放的一枝荷蓮。厚仁盛讚秀美，然後一同前往灰狗車站，趕乘九時班車，直駛康大。用和與厚仁初來時一樣，首先看到高塔的尖頂，厚仁說：

「那是康大的地標，它的異常高度，該是代表頂尖、突出、獨立和遠見等多重意義，顯示康大的不凡。」

「你才進學校一個星期，就做了宣傳志工。我知道美國所有常春藤學府，都有美麗雅致的校園，大概不會比康大差吧。」用和嗆他一下。

「待會你一看便知。」

二人說笑間，就已走近學校大門，用和抬眼四望，果真校園寬廣無際，校舍大多建在小丘山坡之上，牆瓦一律採用瑪瑙紅色或純白色，屋頂則用深藍或淺灰色瓦片，加上周圍綠茵草地，構成鮮明色彩對比，確是無比美觀。

「厚仁哥，你很幸運，好像在公園裡讀書呢。」

「是的，在這美好的環境中，如不專心向學，那就辜負了自己青春年華。你說是嗎？」

「你說得對，我們都應時時自勉。」

厚仁帶著用和，漫步在高低起伏、又似曲徑通幽的步道上，有說有笑。參觀了圖書館、體育館、美術館等幾個建築物之後，轉了二個彎，游泳池旁有一個小型餐館，裡面設有咖啡座，時近中午，二人選定座位，要了一些速食和飲料，充當簡便午餐。用和說：

「今晨你到紐約接我，給我一個意想不到的驚喜。現在參觀你的學校，看了許多經典式的校舍建築物，又讓我再一次的意外，竟然在校區內還有餐館販賣飲食。」

「這兒讓你意想不到的事還多呢，待會我再陪你去個地方，肯定會使你多一個驚喜，這便是康大與眾不同之處。」厚仁故弄玄虛似的對用和半笑半語地說。

「那是什麼地方呢？」用和疑惑地問。

「暫且不講，到時你便知曉。」

「厚仁哥，你會賣關子，什麼時候學會了滑頭滑腦？」

「對不起，這樣我想使你更為高興。」

二人彼此打趣，吃完了便餐，再又走上校園步道，過了十幾分鐘，厚仁用手指著左前方，對用和問道：

「你看到前面那座白色樓房嗎？你猜猜那是什麼性質的建築物？」

用和走前二步，想要看個清楚，厚仁卻要她暫勿前進，請她停在原處，憑觀望猜測。

「那是個科學館。」用和想了一下說。

「不是，再猜一次。」厚仁說。

「我不再猜了，也不想去那兒啦。」

「好，不用猜了，我們就走過去吧。」

二人走近白色建築物，屋外沒有類似招牌的標示，所以用和仍在懷疑，直到走進大門，看到大廳邊的櫃檯上有塊「康乃爾旅館」的牌子，方始知道這兒是家旅館，便向厚仁說：

「你賣關子，倒還有點道理，我確實沒有想到大學校園裡還有旅館，真是奇聞。」

「我現在告訴你，今晚你不用回去紐約，就在這兒住宿過夜，而且我已為你預定了房間，等一下辦了入住手續，他們就會給你房間鑰匙，這你意想不到吧？」

「的確是個意外。可是今晚在此過夜，我什麼盥洗用品都沒有帶。」

「這些都不是問題，等會兒Check in時候，他們會告知一切。」

在櫃檯登記時，裡面職員看到入住者的姓名是June Sun，就問厚仁，她是否你的家人，厚仁直接稱是他的未婚妻，裡面職員說：

「祝你們幸福，而且也真幸運，因為這裡房間全部住滿，如果不是你上週預定，那今天只能向隅了。」

厚仁說聲謝謝，隨即有位服務生過來，帶引他們乘坐電梯直達四樓，並在412房門口停下，用鑰匙開了房門，由於沒有行李，就作手勢請他們入內說了一聲Good afternoon，自行離去。

用和看了一下房內設施，無異星級旅館，便說：

「厚仁哥，謝謝你一切安排，校園之內有如此高級的旅館，真是讓人驚奇。不過剛才你對櫃檯職員說，我是你的未婚妻，並未經我同意，你是油嘴了嗎？」

「我講的是實話，我們在嶗山的海誓山盟，你不是早就同意了嗎？你不是我的未婚妻，還能有別人嗎？」厚仁理直氣壯但帶著笑容回答。

用和其實內心暗喜，剛才的責問不過是故作矜持，現在聽了厚仁的答覆，更加滿意。於是展著笑顏說：

「你總是有理，算你贏啦。」

二人甜蜜地擁抱在一起，然後厚仁說：

「我們現在休息一下，晚上在這旅館一樓餐廳共用晚膳，好嗎？」

「當然好呀，不過這裡的消費價位大概不低罷？」

「這個你毋須操心，這是你第一次來康大，理當由我略盡地主之誼，所有費用當然由我支付，以後你將是這裡的常客，再由你自理，行嗎？」

「行，都聽你的。」

休息過後，大概晚上六時三十分左右，二人一同下樓。厚仁早已預定桌位，在大廳西邊靠窗，比較安靜。那時天光還未全黑，但桌上燭台已有一支粉色長長的蠟燭，服務員立刻過來，把燭點亮，頓時把暮色趕出窗外，顯現柔和溫馨氣氛。二人對坐細談，厚仁說：

「明天我將陪你參觀康大的另外一面。」

「什麼叫另外一面？」

「因為今天所看的，全是人為的建設，可說是人文的一面。明天我將陪你觀看大自然的一面，那邊有山岳、森林、瀑布、湖泊、河流，還有農田等，可以說是天文地文的另一面。」

「那邊真的有瀑布、河流？」

「當然是真的，我們還可以在水上泛舟呢。」

「太好啦，謝謝你這次的所有安排。」用和讚賞地說。

二人在十分愉快的氛圍中用畢晚餐，厚仁把用和送回四樓房間後，留下他五號宿舍樓的地址，和三樓專用的電話號碼，說了晚安和明日再見，回到自己宿舍。

次晨，他們開始遊覽校園的自然一面。厚仁說明這個區域是由農學院管理，實際上也是農學院的實驗農場，所以沿途可以看到綠油油的農田和不少農產品，讓用和十足好奇。再走幾段路，出現一條河流，河道寬窄不同，形成河面彎曲水流，還有三條獨木舟正在河上划行，都讓用和欣羨不止。又走一條曲徑，聽到水聲潺潺，竟然在曲徑深處，發現一條懸似帛簾的瀑布，從山頂高處暢流進入一個湖泊，激起很多泡泡，景色壯麗，再讓用和歎為觀止。

「厚仁哥，你沒有騙我，今天看了這許多在任何校園看不到的美景，我同意你所說，康大的確與眾不同。」用和說。

「我在這樣多元化的學府，確實足以讓我學得更多的知識，算是我的幸運。」

二人一個上午已經走了不少的路，同意稍作休息，也同意下次再來。然後走向灰狗車站，買了一些速食，就在站內長條椅上，等候班車。

二十分鐘後，他們已經吃完速食，正好一輛高大發亮的灰狗巴士駛進站內，厚仁熱烈擁抱用和，說了一聲下週再見，幫助用和跨步登上公車，坐到窗邊，二人隔窗揮手道別。

用和回到曼哈頓西七十九街住處，遠處就看到房東 Mary 在門口張望，顯然是在等候她的回來，於是她快步跑回家的門前，Mary 一把抓住 June 的手臂，急忙進入房間，帶著憂慮的語氣問道：

「親愛的 June，你一夜未歸，去了哪兒？你怎麼未先告知，讓我焦慮，通宵未能好眠。如今你平安返來，一切就好。」

June 的內心十分歉疚，自從她住進租屋以來，Mary 對她從早到晚，時時殷勤照顧，關懷備至。因之深深自責，立即說道：

「親愛的 Mary，請原諒我的疏忽，昨日一早，Howard 前來接我去康乃爾大學，臨走時才七點二十分鐘，我想你一定還在睡覺，不敢吵你。但我應該留個字條，放在樓梯口，讓你知道。卻因走得匆忙，以致忘了留言，害你為我著急，實在是我的錯誤。不過我願保證，以後決不再犯同樣的錯，謝謝親愛的 Mary。」

兩人熱烈擁抱，然後 Mary 又問：

「那你這次綺色佳之行，印象與觀感如何？可否講講？」

用和高高興興地把二天的行程，以及得到的好感，原原本本全部詳細的敘述一番，

Mary 聽了也與她同樣高興，還說：

「你這兩天累了，待會上樓和我們一同晚餐，然後你可早點休息，明天一早上學，

好嗎？」

用和一聽，非常感動，心想 Mary 真和母親一樣，處處為她著想，於是馬上回答：

「親愛的 Mary，謝謝你，等一下我就跟你上樓。」

晚餐之後，Mary 又說：

「親愛的 June，我不留你多坐，你可早點就寢。」

用和回到樓下自己房間，卻又了無睡意，於是拿出紙筆，寫封家書，向母親和大媽報平安，說明事事順利，請她們釋念。

寫罷擱筆，開始感到稍有疲倦，一看手錶，將近九點，於是趕快淋浴，上床就寢，進入夢鄉。

樓上一對老夫婦，聽到 June 細述二天來的遊記，頗為感動。覺得中國家庭教育兒女嚴謹，較諸西方的自由放任，大有不同。所以對他們年輕伴侶，即使深情親愛，共處密室，都能潔身自愛，不及於亂，大大讚賞中華文化的崇高精粹。兩老決定，以後要對 June 更多的愛護與照顧。

第十章　讀書不忘救國

一九三一年九月，全美各級學校，不分小、中、大學，紛紛開學。上了兩個禮拜的課以後，到了第三個星期五，一過四點鐘就是週末假期的開始，大家都在準備秋末旅行，享受一次美好的週末。誰知剛過午餐時間，RCA無線電廣播報導震驚全球的重大新聞，日本駐華關東軍在當天半夜十點多鐘（東亞時間）突襲中國軍駐在地瀋陽北大營。那是日本軍閥明目張膽以武力侵占中國土地的開始，消息傳出，舉世大譁。次日一早，《紐約時報》更以頭條版面詳細報導，日軍已經占領瀋陽市，由於中國軍隊並無抵抗，日軍長驅直入，準備短期內侵吞整個東三省。如此駭人聽聞震驚了全球，也震醒了全中國人民和分布世界各地的僑胞及海外學生。

用和回憶她父親曾經和她講過，日本脅迫袁世凱簽二十一條不平等條約，槍殺我駐山東的蔡公時公使，以及在上海五卅慘案等故事，都是日閥侵華野心的暴露。輪船航經橫濱登岸時，所見軍品輜重頻繁運輸，似有作戰準備，如今果然證實日本軍閥在我國東三省出兵動武，其心可誅，其罪難赦。

第二天媒體接續報導，日軍侵占瀋陽之後，迅速驅兵進占東北其他各大城市，野蠻狂妄，痛恨之極。用和心情正煩悶時，厚仁週末輪訪，如期來到，二人談話主題，自是離不開瀋陽事件。國難當頭，想起在北京時，某大學校長說過：「救國不忘讀書，讀書不忘救國」，覺得中華兒女，都該有所作為。

正在討論時，樓上Mary下來，手上托著一碟她自製的蛋糕，進到房內，看到二人神情嚴肅，就問：

「對不起，是否我有打擾你們啦？你們在談什麼呢？」

「我們在談我們國家的事，很嚴重的事。」

厚仁接著把近日發生的日軍侵略我國東三省事件，一一告知，語氣自有凝重，講了十來分鐘。Mary說：

「昨天我從無線電播音機中聽到一些報導，但是不太瞭解實情。那我現在不打斷你們談話啦。」

臨走時又回頭說：「親愛的June，蛋糕是新鮮的，請盡早食用。」

二人送走Mary，都有悵然若失之感。Mary聽了厚仁瀋陽事件的說明後，並無同情或憤慨的表示。他們二人認為廣大美國民眾並不理解國際情勢的險惡，更不清楚日本軍國主義侵略世界並想併吞中國的狂妄野心，所以對日閥武力侵占我國東三省事件，一般美國大眾不明就裡，於是才有似乎無動於衷的反應。他們二人都覺這種現象，不利於抗日，需要有所補正。

他們已聽聞，哥倫比亞大學全體華裔學生已在發起籌備成立「中國留美學生聯合抗日大同盟」，旨在團結全美各大學的華人學生，共同一致抗日，發揮最大力量。

吃了兩塊蛋糕，二人決定立即訪問哥大。進得校門，就見許多華人學生，處處三五成群，都在議論紛紛，群情激昂慷慨，顯示海外華人抗日聲勢不可輕視。二人自動參加人數較多的一群，並自我介紹姓名和就讀學校，受到熱烈歡迎，並獲告知，次日上午在哥大廣場舉行大同盟成立大會。

次晨九時前，趙厚仁與孫用和抵達哥倫比亞大學，進到校園，看到圖書館前廣場、台階、草坪、走道已經站滿人群，估計約千餘人。多半持著布條、紙牌標語，上面寫著「打倒日本帝國主義」、「還我河山」等字樣，二人心情大為振奮。

九時正，有位同學對著擴聲喇叭喊道：「大會開始」，接著另位同學登上台階中央最高點，後來知道他是哥大教育學院博士研究生，姓楊，是今天大會的主持人。楊同學同樣持著擴聲喇叭開始演講，他歷數日本軍閥侵華罪狀，違反國際公約，也譴責東北主政當局懦弱無能，屢次獲得台下同學們的掌聲。當他講到最激動時說：

「今天在場的，有不少籍貫東三省的同學，他們的家鄉遭受敵人踐踏，他們親愛的父老、兄弟、姊妹正被倭寇蹂躪，我們要為他們復仇！」

全場喊聲雷動，在同仇敵愾、熱血沸騰的氛圍下，大叫「打倒日本鬼子！」

主持人在喊聲稍歇時，又宣布：

「我們已經和全美各大都市華僑社團及全美知名學府華裔學生團體聯繫，決定在今年十月十日於華府和紐約兩大城市，舉行抗日聯合大遊行，並發表宣言，內容主題將是：

一、海內外中華人民誓死反對日本軍閥侵占中國領土。

二、呼籲國民政府堅強抗敵，收復失土。

三、日寇違反國際公約，籲請國際聯盟主持正義，立即進行調查，予以制裁。

四、要求美國政府速即停止對日運售所有軍用物資，封鎖資敵管道。

五、呼籲正義國家，一致對日本暴行加以譴責，不容姑息。

六、亟望全球華人即起停用日貨，抵制買賣日貨。

主持人最後邀請在場同學全部參加雙十大遊行，並支持宣言中各項主題。散會時，同學們仍在議論紛紛，義憤填膺，捨不得很快離場。

趙厚仁與孫用和在回家路上對談，認為今日大會相當成功，對他們個人愛國意識頗有進益，二人也同意之後應多注意國際局勢的發展。用和更表示，她將願意作為志工，參加哥大抗日同盟的各項工作，厚仁立表贊同。

當天下午厚仁返回綺色佳，講定下個週末，用和去康大。

下個星期內，用和專心參與雙十日大遊行的籌備工作，每天下課後便趕往哥大校區，找了幾個那天大會上熟識的哥大同學，抱著同樣的熱忱，寫標語、做紙板等十分帶勁。

週末用和到了綺色佳，與厚仁的康大同學們相會，談論的不免都是九一八事件相關的問題，用和說：

「我承認過去對國家大事認知較少，對日本侵華的野心瞭解的不多，但在三個月前，我乘坐的郵輪駛過日本，在橫濱停靠一天，厚仁和我，登岸逛街，看到滿街牆上，貼的都是辱華的商業廣告，我才知道我們腳下踏的是惡鄰敵人國土，所以心生厭惡提前返輪。」

用和說這話時，道出了她初識日本是仇敵的簡單經過，但她不知過不多久，冥冥中她將成為倭寇魔掌下的無辜受害者，蒼天何其無情。

有一位劉姓同學說：「那些辱華廣告，其實在中國內地，早已行之有年，但不知何故，從遜清末年到民國成立，從未見到政府予以取締，所以日本鬼子認定中國是可欺對象。」

另一位周姓同學又補充說：

「那些廣告不僅辱華，其所推銷的產品，更是日本經濟侵略的先遣部隊，看準那時中國工業落後，大肆搜括中國原已貧窮的財富。」

還有一位吳姓同學更是憤慨地說：

「日寇這些年來種種惡行，看來遲早將會發動全面侵華戰爭，但是我們政府還在安內攘外、孰先孰後中徘徊猶豫，真不知大禍臨頭時，會亂成怎樣的局面。」

孫用和再次發言：

「我想現在的國民政府，畢竟不同於過去的北洋政府。我相信他們正在縱觀全局，權衡輕重緩急，作出最符合國家利益的決策。我們年輕學生，無論是在國內或海外，都應做政府的後盾，一致對外抗敵。」

趙厚仁聽了大家高論，也說：

「日寇窮兵黷武，氣燄囂張，侵我領土，虐我同胞，已是我們中國全民的公敵，九一八事件是激發全民抗日的起點。我們現在雖然不能前赴疆場，持鎗殺敵，但應暫作政府後盾，可在民間發起抗日愛國運動，諸如抵制日貨、拒看日本影劇、拒搭日本車船等，都足以激發國人仇日抗敵的勇氣。關於這一點，上週哥倫比亞大學華裔同學籌組成立的『中國留美學生聯合抗日大同盟』已經決定，將聯繫全美華僑社團於雙十國慶日，在華府及紐約，發動萬人大遊行，同時發表宣言，喚起全世界人民驚醒，共同遏止日閥違法暴行。屆時希望我們康大華裔同學踴躍參加。」

在座所有同學，熱烈鼓掌一致表示，期待那個偉大的日子和那豪壯的遊行早日來到，決不會在行列中缺席，更要大聲疾呼，增強仇日的精神與力量。

同學們對抗日運動志工孫用和的來到，都表歡迎，建議中午大家一同聚餐，用和欣然同意。

餐畢，互道珍重，並約定十月十日紐約再見。

那是難忘的一天，一九三一年十月十日，華府和紐約兩大都市，分別聚集群眾，合計萬餘人。他們是旅美華人僑胞和各大知名學府的中國留美學生，要為九一八事件中死難的軍民同胞致哀，要支持中國政府抵抗日本軍閥的侵略，要向國際傳達中華人民反侵略的決心。他們手持中、美兩國國旗及抗日標語旗幟，呼喊口號，以保持和平的動態，分別在華府的華盛頓紀念塔和紐約的時代廣場集合，同時在十點準整隊出發，沿著幾路大道遊行前進，廣發「宣言」的英文本給予夾道旁觀的美國群眾，獲得美國人民的熱烈支持，當然也不免引起旅美華僑與日僑的對立。

隔日所有全美的媒體，以極大的篇幅和極長的時間，詳細報導兩地遊行的盛況和遊行的宗旨，並作公平正義的評論，喚起全美人民正視九一八日本侵華的嚴重性。全球其他主要國家，也都作出類似的反應。趙厚仁與孫用和一同參與這次的愛國運動，都覺得是應盡的義務。尤其用和能在抗日大業中做了一個小小志工，感到無比榮幸。

可是日本軍閥完全不顧違反國際公法，也無視世界輿論的譴責，不出三個月，武裝占領了中國整個東三省，並且在隔年（1932）三月，一手導演成立了傀儡滿洲國，更讓世界大譁，咸認日軍瘋狂，已至無法無天的地步。

其時南京國民政府，除了向日本外交抗議外，並向國際聯盟申訴求助。實際上國聯早已失去執行國際正義的能力，但多少受了上年十月美國華府、紐約兩地華人抗日大遊行聲威的影響和國際輿論的壓力，很快受理中國政府的申訴，決定派遣國際人士組成調查團進行實地調查。

全案經過繁瑣的進程，由選聘調查團團長團員、調查工作遭受日方阻撓、調查報告一再拖延、審議報告書的特別委員會又議而不決，以及日本威脅退出國聯等種種障礙，最後直到一九三三年二月二十四日，特委會終於通過調查報告書，確認日本侵略中國領土、東三省主權屬於中國、滿洲國不是民族自決產生的組織等，在法理上算是給了中國公道，但對侵略者竟無一字提及制裁或限期撤出占領軍隊，歸還主權予中國，實質上無異默認侵略既成事實。至此任何武力侵犯，再無國際組織可以糾正或制裁的餘地。

事後南京國民政府雖然再度提出抗議，實際當然於事無補，民間更是憤恨交加，隨之國內學生罷課運動，工商勞工罷工運動接連不斷，海外華裔學生紛起響應，於是中日間的仇視敵對，再無化解可能。

留美的中國學生，具有傳統性高度愛國熱忱，也有崇尚民主教育的濡沫，更受「讀書不忘救國」的號召，絕大多數皆有「以愛國為己任」的自我期許，覺得呼籲美國政府支持和援助中國政府抗日和對日經濟制裁是義不容辭的責任。因之他們不斷投稿、著文、寫書給全美各大新聞媒體刊載，促使美國朝野正視日閥侵華罪行，同時協助美國民間大眾瞭解事實真相。

趙厚仁與孫用和都是熱心愛國者之一，他們於學業功課之餘，全力參與抗日運動，用和更以她的音樂專業，從中國大陸蒐集當時在國內流行的愛國歌曲，如〈松花江上〉、〈九一八〉，以及〈中國不會亡〉等許多感人心弦的曲子，介紹到全美知名學府。她以自己錄製的唱片，分贈各校同學會，大受歡迎。於是美東美西的中國學生，無不大聲高唱「我的家在松花江上……」、「逃亡、流浪，逃亡到哪年？流浪到何方？……」等歌詞，唱得每個學校的每個學生無不涕淚交流，激起的愛國熱潮，與愛國的歌聲一同響徹雲霄。

孫用和經常在下課之後，到抗日同盟總部做義工，協助策劃文宣工作。有時同盟籌備舉辦某項活動，短缺經費，用和常能慷慨解囊，主動捐助私款，彌補不足，因之同盟成員無一不對用和義舉欽佩與感謝。加上她自製愛國歌曲唱片分贈全美各大學府，早把她譽為愛國女英雄。但她是個十分謙遜的人，並不以此為傲，反而更加努力工作。

連房東太太 Mary，都從鄰居探詢到 June 的活動，而得知 June 在華裔學生團體中的美譽，引以為榮。但因 June 近來工作過於繁忙，每到深夜方始回家，以致很久二人未曾見面。某晚，Mary 終於在將近午夜時分，看到 June 拖著疲乏的腳步回家，Mary 既愛又疼地說：

「親愛的 June，你是了不起的女子，但總要以身體健康為重，切勿過於勞累。我看你現在已經瘦了一圈，千萬要保重。」

用和含著感動的淚水說：「謝謝親愛的 Mary，我會的。」

第十一章　學無止境、樂海受困

孫用和進入茱莉葉學院第一學年開課不久，發生九一八事變。由於愛國心切，投入愛國行動，做了抗日團體志工，課後大部分時間都在參與團體活動，較少從事課後複習與學課作業。因之她在校雖是頗受歡迎同學之一，但她的學業成績一直持續二個學年，都不算優良。

她現在已是第三學年的第一學期，決心要多多用功學業。某天上課，勃朗教授走進教室，還未開口講課，先在黑板上寫了幾個大字：「音樂與國家」，然後回過身來，起初簡單先講音樂發展的歷史，說明音樂水準往往足以代表國家文明和民族精神，並舉例古羅馬詩歌和古中國詩歌都是代表當時的精神文明世界。說到這裡，教授轉換了話題，而且把視線對著坐在前排中間靠左的June Sun，也改變了語氣，稍帶溫和地說：

「Miss June，你是本校內的一個好學生，從第一學年第一學期剛開始，你的各項表現都非常良好。但後來你的成績連續下降，我很惋惜。我知道你的國家正受外來武力侵略，而你們因無力抵抗，國際聯盟又不予制裁，於是你們國內外學生興起了澎湃的抗日愛國運動。你是一位極有愛國心的學生，你去參加愛國行動，是極為正當的行為，我很尊重，也很讚佩。不過我看到你的學業成績正在退步，你的兩門主修課程，鋼琴彈奏尚可勉強通過，但作曲一門，竟不及格，使我訝異。須知作曲要捕捉來自心靈的聲音，發揮創意，讓音樂充滿生命力，需要的是全心專注，心無旁騖。因之我想給你建議，愛國可與學業並重，但以不妨礙學業為前提。而且學無止境，必須不斷努力，你同意嗎？」

孫用和仔細聽了勃朗教授的每一句話，內心十分感激。同時也思潮起伏，當此國家面臨生死存亡關頭，她在愛國的偉大號召下，只是盡了一些微薄又渺小的力量，卻已影響學業的進步，感到十分慚愧，也很懊惱個人能力太弱。於是在雙重壓力下，匆促從座位上站起，端正一下自己的姿勢和發音，認真地說：

「感謝勃朗教授給我的教誨和關懷，更抱歉讓教授對我的失望。我不否認過去一年多來，為了課外的事業分了心，占去不少做學業功課的時間，以致課業成績倒退，深覺愧疚。但是我所做的課外事情，乃是愛國家、反侵略所不能不做的工作。那是每個國家的國民應盡的義務，那是天經地義該做的事，所以我並不後悔。可是老師說得對，愛國與學業應該並重，至少不應妨礙學業，我完全接受。因之，今後我會調整我做志工和做功課的時間，不讓老師失望，也望同學們給支持。」

用和講完話後，一鞠躬坐回原座，勃朗教授面帶微笑給她嘉許說：

「June 是一位勇者，當然更是一位愛國者。」

班上同學立即鼓掌，並呼喊著 June 的名字。

過後三個月，用和真的每日下課以後，或留在校內圖書館，或直接回到住處溫習功課。她的最大旨趣放在音樂作曲，特別喜愛如舒伯特、蕭邦、孟德爾頌等知名大師所作如夢幻曲、夜曲之類輕柔又優美的樂譜，百聽不厭。她有個願望能在一個學年內實現她的夢想，譜出一首詩情畫意、抒情浪漫又純樸的小夜曲創作，因之不斷去思索和領悟老師所說，如何捕捉心靈的聲音，抓住靈感，努力想要譜成她腦海中時時企望、並已擬定名為〈星空小夜曲〉的樂章。

June沒有辜負老師的叮嚀和期望，她在學期的期終考試中，鋼琴課得到A+，已達專業演奏水準。作曲課得到A-，是她潛心研究勃朗教授指點作曲要領的成果，給她創作〈星空小夜曲〉莫大的鼓勵。

連續幾個星期，用和都在放學後回到住處，即刻坐到鋼琴邊上，試奏她創作的曲譜，覺得第一、二、三段每個音符構成的韻律，都還符合她作曲理想的情調和色彩，有誘惑的雋雅，也有突兀的奔放，行雲流水，落英繽紛，兼而有之。自認她的樂思中所要追求的目標，已經掌握，練奏無數遍後，自我感覺良好。

正在續寫最後一段樂譜時，接到厚仁電話，說明原定改為二週互訪的這個週末，因為身體不適，明天將不能來紐約。於是用和去到樓上，對房東太太Mary說：

「明天我要去綺色佳，因為Howard病了，所以大概當天不能回來，特地先來告知，免得親愛的Mary又要為我擔憂關心。」

「啊，親愛的June，最近我看你在家做功課和彈琴的時間，比較多了一點，我很高興。現在Howard有病，你應當前去探望，只是又讓你忙上加忙，不要過累。」Mary一副關懷之情，溢於言表。

「我知道，謝謝親愛的Mary。平時我不在家，但常常在桌上看到糕點零食，我知道那些都是你的愛心，不是一句道謝可以表達我的感激，回來再談吧。」

用和隔日迅速趕到灰狗車站，搭乘直達綺色佳班車，到了康大，逕向五號宿舍大樓，剛到門口，發現厚仁已在一樓等候，兩人進了會客室。知悉厚仁只是腸胃發炎，可能吃了不潔食物，以致瀉肚，服藥後已經止瀉，並無大礙。用和隨即放心，並表示今晚願在校內旅館住宿，明天再回紐約，厚仁聞之大喜，病已好了九分。

厚仁並告知，他的碩士論文，已經審查通過，獲得康大建築學碩士學位。他也已決定，申請康大建築學研究所攻讀博士學位，用和聞之同樣大喜。

次日孫用和回到紐約，告知Mary後，立即繼續她〈星空小夜曲〉最後一段的曲譜寫作，但剛打開琴蓋，手上拿了鉛筆和空白曲紙，一時竟不知從何下手，心想大概旅途歸來，心情未定所致。於是放下一切，留待明日再作。

第二天上課，用和心裡想的，仍是她作曲上的難題（Coda）。她的感覺，似乎預告遭遇到了瓶頸。今天班上授課老師還是勃朗教授，他觀察敏銳，看到June神情不穩，於是問道：

「Miss June，有什麼難題嗎？不必惶恐，只要定心專注，抓到自己心靈的節奏，一切都可迎刃而解。」

「謝謝教授，我沒有事。」June 回答。

接連幾天，她一再寫譜，一再試奏，總不滿意，似乎無法突破無形的旋律障礙，她感到煩躁。過去未曾有過如同墜入空洞陷阱的經驗，隨之有些恐慌，不知如何解困。她眼中看到的是滿地被她撕廢豆芽菜似的譜稿，心中一片模糊。再看鋼琴黑白琴鍵，上下錯亂，又似一排破碎的籬笆，讓她迷茫到不敢伸手觸摸，顯然她已走入歧途，徘徊在原地踏步，難以突圍。

在百般無奈中，她開始祈禱，懇求上帝賜予靈感，再啟心扉。也求主耶穌基督拯救，回復她的智慧，助她遠離徬徨，突出重圍，讓音符與她的樂思碰撞出火花，譜出〈星空小夜曲〉末段的燦爛樂章。

隔天，她依然坐到鋼琴邊上，手指闌珊地輕彈前三段。恍惚間，耳際聽到不知從何處傳來猶似天籟般的神韻，又似夢幻中的樂聲，她不自覺地手指跟著那虛浮的音符在琴鍵上起舞，驟然發覺，那幾個音節已經天衣無縫貫穿和銜接了前三段的韻味，把她陷入重圍的生澀旋律頓即拆解。她如同大夢初醒，回復精神，再次把第四段反覆彈奏，連同前三段合成一貫，讓〈星空小夜曲〉（Serenade: Starry night in C minor, Op.1）一氣呵成，充滿美感，自認她的心聲已經從整個曲譜上宣洩流暢，再無阻障。

用和如同獲得了音樂的新生命，連夜清寫曲譜，直到凌晨完成，覺得無懈可擊，把它訂成一冊，然後進入夢鄉。

第三學年的最後一週最後一堂課，June把她在百般折騰後如蒙神助完成的〈星空小夜曲〉全部樂譜，當堂呈給勃朗教授，作為她那學期的期終作品。

教授仔細看了樂譜，要求June即時在教室用鋼琴彈奏。June遵命，坐到鋼琴前面，深呼吸一下，然後全神貫注，一鼓作氣，從頭到尾，費時十五分鐘，最末在悠然流暢中，奏完最後一個音符，戛然休止。

勃朗教授在聽June彈奏過程中就已頻頻點頭，最後給予輕輕鼓掌，並說：

「Miss June，我非常高興，見到你回復了原有的才華。今天你演奏的〈星空小夜曲〉，是本學期中我聽到最佳作品之一，證明你有很好的天賦，只要你繼續努力，將來必是一位傑出的作曲家。」

「謝謝老師的教誨和鼓勵，我會盡力好好學習。」

學期結束當天下午，用和在返回住處時，一路踏著輕鬆的步伐，在食品店買了一些食物，又在一家酒店買了二瓶紅葡萄酒，預備邀請 Mary 和 Robert 以及傍晚即將來到的厚仁，舉行一個小小 Party，以示慶祝。抵家時看到已在門口的厚仁，兩人高高興興進了大門，用和先到樓上告知房東夫婦，然後下樓，看著厚仁手中拿的一疊文件資料，問他那是什麼東西。

「我想暑假期中，我們一同出去，作一次全美觀光旅遊，甚至遠到阿拉斯加，飽覽美國各地景色風光，你不會反對吧？這些導遊指南，請你看完之後，由你決定去哪些地方。」

「厚仁哥，你倒很會安排生活規劃，在開始要做博士研究生之前，先作實地觀察。而我下一學年也將畢業，提前畢業旅行，也無不妥，所以我同意你的計畫，至於去到哪些地方，我們再共商量。」

房東夫婦從樓上下來後，四人聯歡，共同舉杯，祝賀 June 學業進步，創作成功。在歡欣氛圍下，June 坦率地告訴大家：

「其實我在作曲過程中，曾經一度陷入困境，心理上恐懼得幾乎難以自拔。後來虔誠禱告，蒙神賜我奇異恩典，終於突出重圍，完成全部樂章。」

Mary 等三人提議，請 June 即時彈奏她的〈星空小夜曲〉，讓大家共賞美樂。June 自然高興同意，走向鋼琴旁邊，此時 Howard 說：

「你的樂譜放在哪裡，我給你取。」

「謝謝你的好意，我已把樂譜裝訂成冊，放在書桌抽屜。此刻曲譜全部存在我的腦裡，不需看譜。」

June 開始試彈幾個音節，試好音階，認為適當，然後從頭起奏。只見她凝聚心靈，全神貫注，雙手十指，在鍵盤上左右上下飛舞，時而低迴純樸，時而奔放昂揚，身體也隨著旋律起落擺動，或閉目頷首，或張口微笑，完全陶醉於悠揚琴音之中。彈到最後一段，她格外專注其中幾節音符，幾乎用接近嚴肅的姿態，演奏完成。

現場三人，給她熱烈掌聲，特別是厚仁還帶著一些歉意讚美說：

「以我音樂門外漢來聽，就像天上星月交輝發出戀愛的歌聲。而你創作過程中一度受困，大概是我的罪過。因為我在綺色佳小病，你去給我細心照顧，打斷了譜曲思路，實是萬分抱歉。」

「不是的，這與你完全無關。我能在艱困中突圍，完成創作，全是上帝所賜恩典。中間小小受挫，也是神給我的試煉。我將永遠懷著感恩的心，來彈此曲。」

可是道高一尺、魔高一丈，世事常被這句讖語作弄。用和完全不知在她說完感恩的話時，邪惡的撒旦魔爪已在她的背後伸張，作出吞噬之勢。

Robert 和 Mary 盛讚 June 的才藝，十分欣賞作曲的意境高遠。同時讚美 Howard 和 June 兩人的恩愛，堪為新時代年輕人的楷模。四個人的小型 party 在歡樂愉快的氣氛中圓滿結束，互道晚好告別。

厚仁臨行前，再與用和商量暑假旅行的事，兩人再看導遊指南資料，決定三日後啟程，為時一個半月，得視實際狀況縮短或延長。觀光地點，幾乎把全美最佳景點一網打盡，當然也可酌情增減。

商議既定，厚仁與用和吻別，並說定三日後再見。

第十二章　引狼入室墮魔掌

趙厚仁與孫用和暢遊全美歸來，已經接近秋季開學時間，厚仁逕回綺色佳，開始他在康大博士研究生的學業。用和回到住處，Mary熱忱歡迎她歸來，並表示願望June在畢業後繼續住在原址，保持既有的友誼。

June對Mary的善意，自表感謝，至望最後一學年能夠再有新的更佳創作，Mary祝她心想事成。

休息二天之後，June回校報到，辦完第四學年註冊繳費。就跟往常一樣，下課後坐地鐵到站，再走二條街回家。平時在步行途中，偶爾遇見一個流浪街頭的賣藝者，提著一把破舊的小提琴，拉幾個曲子，路人經過時，擲一、二個錢幣到地上放的一個罐內。

用和也曾擲過二個夸脫（Quarter），但那賣藝人，頭上總是戴著一頂被壓得很低的黑色帽子，帽上寫著白色PAUL四個字，大概是他的名字，所以始終沒有見到他的面貌。

某日下午，用和先去學生抗日同盟辦了一件工作，再回西七十九街，已近傍晚時分，剛剛步入街口，遠遠就又聽到賣藝者的琴音。再走幾步靠近住宅時，發現那個PAUL正就站在她住處窗前，而他奏的樂曲，竟是她的新作〈星空小夜曲〉，使她大為吃驚。於是她停下腳步，直到她聽完全部奏曲，更讓她驚懼交併。驚的是小夜曲的天籟神助，竟然來自此君；懼的是此人來得蹊蹺，在她作品尚未公開前何以他已全部知曉，而且奏得那麼嫻熟，著實讓她困惑。難道那天似有神助在她耳際響起的天籟，竟是來自街頭藝者之手？而且他又怎能瞭解她在作曲過程中遭遇的困境？她猶豫良久，基於驚嚇好奇的求真心理，決定走近賣藝人的前面，開口問他：

「你是叫做Paul的人嗎？」

「是，我叫Paul。」他掀起了他的帽子，露出了黃種人的臉。

June看到他同是黃種人，還不知是高麗人或越南人，便接著仍用英語再問：

「你怎麼會那樣純熟地奏出那首小夜曲的全部？你從什麼地方取得樂譜？」

「我沒有得到樂譜，全部樂章都在我腦裡，因為其中有一部分音符，還是我的創作。」

用和更覺得好奇，於是進一步再問：

「你意思是說，當我徘徊在音感受阻時，你在屋外聽出了我的困惑，幫我突圍助了一臂之力？」

「是的，那時我不知哪來的靈感，隨意捕捉到幾節音符，拉出的曲調，似乎正好替補了你樂章的缺陷之處，所以我把小提琴的音量特別拉高，希望能夠傳到你的耳際。」

孫用和半信半疑，但她出身世家，天性純良，永遠心懷善意，從來不知什麼是奸詐，什麼是險惡，也就不曾想過世間有無不良之徒。為了禮貌，或許也為表示謝意，姑且相信他所說的是真話，因之問道：

「你願不願進我屋內，用你的小提琴，和我的鋼琴，試試合奏這首小夜曲？」

「喔，當然願意，那是再好不過的事。」

用和走到屋子門口，拿了鑰匙打開大門，又用另一鑰匙再開房門，回頭做了手勢，說了一聲請。

誰知這一聲「請」，等於引狼入室，踏進了深淵陷阱的一步，使她萬劫不復，連後悔都沒有機會，以致成為「此恨綿綿無絕期」的人間悲劇。

用和進到房內，隨手開了電燈，明亮照著全白色的名牌鋼琴，閃耀出高貴的光彩，不待主人作何說明，賣藝人先帶著嫉妒的口吻說：

「好豪華的鋼琴，你一定很富有吧？」

「那不是我自己的，我僅是個學生，那是向房東租用的。」

兩人對話，自然都用英語，講定以鋼琴為主奏，小提琴為協奏，經過相互調音之後，開始合奏小夜曲。從頭到尾一貫始終，十分和諧，直到結束最後一個終止符，彼此都感滿意。

用和依然秉持她的善意，拿著一瓶水果酒和兩個高腳杯，各斟了三分之一，把一杯遞給賣藝人，自己舉杯說：

「謝謝你的合作，從膚色上看，你應該也是東方人，你帽子上寫著 PAUL，大概是你的名字，可否告知你的 family name？」

Paul 昂起頭頸，一股自傲的樣子，回答說：

「我的 Last name 是 Yamaguchi。」

用和乍聞之下，如同晴天霹靂，她面對的竟是侵略中國最兇惡的日本鬼子，手中酒杯幾乎掉到地上，面色也立即轉趨緊張。而對方卻又反問：

「那你是哪國人？」

「我是中國人。」用和以堅強的語氣回答。

「喔，你是支那人。」

「不，我是中國人。」用和以較大聲再說。

「你是支那人，你們要向我們大和民族學習，不然就將永遠做奴隸。」

用和聽到如此狂妄言語，已是怒不可抑，隨即用更大聲斥責：

「你給我立即出去，我不想再見到你這種日本倭鬼。」

一場原是音樂的聚會，頃刻間變成國族鬥爭。那個名叫 Paul 的日本人，即時變臉，露出了猙獰面目，狠狠地說：

「好吧，請你看看日本人的勇猛。」

說時遲，那時快，他竟推開桌椅，跨開兩步，躍身衝到用和面前，迅速把用和緊緊抱住，伸出魔掌，意圖非禮。

用和自小嬌生慣養，從未遇到這樣突襲，不知怎樣自衛，一時劇烈憤恨，奮力掙脫圍抱，出手猛給 Paul 一個巴掌，那個凶暴似野獸的日本魔鬼，大吼一聲「巴格野鹿」，把用和推倒長沙發內，瘋狂地壓在用和身上，撕去她的衣服，企圖強暴。此時用和看到桌几上的酒瓶，勉力抽手取來，向狂徒頭上狠力打去，頓時頭破血流，但仍阻止不住惡魔的獸行，而且不顧一切，逞其暴力，玷汙了用和的清白玉體。然後拖著那個破舊的小提琴，抱頭鼠竄，奔出屋門，逃逸而去。

用和受此凌辱，憤恨交加，悲痛欲絕。心想失去了童貞，今後如何再有臉面去見厚仁，更是無顏報答父母養育栽培之恩。一時憤怒、痛恨、厭惡、懊惱，全聚湧上心頭，覺得一身汙穢，生不如死，更未考慮生命的價值，立即就在地上撿起一片酒瓶的破碎玻璃，使勁向左腕脈搏處，連割三下，立即血流如注，人也當場昏倒在地，血管繼續不停淌著鮮紅的血。

樓上Robert和Mary夫婦，先聽樓下鋼琴與小提琴合奏，以為June找了同學來家演練，頗覺欣慰。但是稍後又聞吵鬧之聲，並未十分在意。隨後再有家具碰撞和毆打的聲音，最後更聽到大門砰一聲響，直覺似有意外狀況發生，於是Mary急忙下樓，看到June的房門大開，再往裡一看，屋內凌亂得一片狼藉，更讓她驚嚇萬分的是，June竟昏倒在滿地血液之中，因之向著樓上大喊一聲：

「Robert，快快下來，出大事啦！」

Robert迅即奔到樓下，一眼看清，這是一樁血案，非同小可。馬上撥打九一一電話，一面報警，要求立即派遣救護車，一面請Mary取出First Aid箱子，先給June包紮傷口止血，還特別要Mary注意室內現場狀況，不能有任何移動，聽候警方蒞場實地偵查。

不到十分鐘，救護車和一輛警車同時到達，救護車上兩名護理人員立即把受害人抬入救護車內，Mary隨身護送。由於事涉重大刑案，特由警員一人，隨車迅駛最近醫院哥倫比亞大學附屬醫院急診處搶救生命。當醫生診察時，發現病人嚴重失血，仍在昏迷狀態，氣息只剩一線游絲，情況已屬緊急危險狀態，必需立即輸血。因之詢問警員，病人有無家屬，而警員不知，於是在救人第一原則下，由Mary作主，立即大量輸血，希望穩定傷者生命。

另一警官在案發現場仔細勘察，採集指紋，收取未乾的血漬樣本，拍攝現場實景等，一一完畢後，突在牆角看到一頂男用便帽，上有PAUL四字，乃撿起詢問Robert：

「這是你家的帽子嗎？」

「那不是我家的物品，也不像是June所有的。」

警員聽了，心中似已有了幾分把握，遂邀Robert一同坐他警車前往醫院。此時June尚在繼續輸血之中，而且仍在昏迷，全無知覺。警官開始向Mary詢問：

「這位自殺的女士，與你們之間是什麼關係？」

「她是我們的房客，租住已有三年多之久。」Mary答。

「她有家人在美國嗎？」

「據我所知，她並無家人在美，但她有個未婚夫，名字叫Howard Chao，是康乃爾大學的博士研究生。」

「按你們瞭解，她是一個怎樣的人？」警官再問。

「她是一個溫和有禮的女孩，平時臉上常帶笑容，出身中國的顯赫家庭，是一位名門閨秀，很有教養，現在是茱莉葉音樂學院的學生。而且我與她感情良好，我愛她如同愛我女兒。」Mary 回答，心情已經略有激動。

「你們知道今天事情發生經過嗎？可否仔細說明？還有請你們應該盡快通知 June 的未婚夫 Howard。」

Robert 立即去到公用電話亭設法和 Howard 聯繫，警官的問話，繼續由 Mary 回答：

「我們完全不知道整個事件的經過，平常她總是一個人回家，可是今晚我們在樓上聽到鋼琴和小提琴協奏的樂聲，顯然另有一人同時在場，我們以為同學練習協奏是極平常的事。但是過了不久，又聽到爭吵，甚至有衝撞打鬥的聲音，我們原先認為不宜介入，直到最後又聽到兩道屋門接連大聲砰響開閉，我們急著下樓，一看 June 的房內凌亂不堪，最讓我們驚恐的是 June 渾身是血，昏倒在地上，知道出了大事，急忙撥打九一一，同時我們使用急救箱先給她做緊急簡單的傷口包紮，然後送來醫院。」

有二位醫師正在盡力搶救 June 的生命，除繼續輸血外，特別注意心電圖上心臟仍在衰弱狀態，說明生命還未脫離險境。他們更發現自殺者的下體，有明顯被暴力性侵跡象，於是由其中一位醫師向警官悄悄報告：

「自殺者身體曾被強暴玷汙。」

「謝謝你的說明，這樁血案，警方一定會在最短期內破案，但望醫院務必盡力設法保持受害者的生命，不讓她死亡。」

警官說會很快破案，因為他胸中已有充分把握：

其一、現場撿獲的一頂帽子，顯是兇嫌遺留。

其二、紐約曼哈頓區警局對流浪街頭藝人，保有完整紀錄。

其三、血案現場採集的指紋和血漬，只要逐一仔細核對，便可指證兇嫌。

因之，警官轉身對 Robert 和 Mary 說：

「請你們二位注意受害者，如果能夠甦醒過來，務必竭力撫慰，不要讓她過於悲憤激動，再度昏迷。案子一定能破，到時我們還要採詢證詞。」

時已凌晨三點鐘，警官和警員攜帶證物先行離去。

Robert 告知 Mary，他已和 Howard 連絡，他將連夜過來。

一位護士過來說：

「輸血二千西西已經完成，現在我去請主治醫師過來，跟你們說明傷患病者目前狀況，請勿離開。」

三分鐘後，主治醫師 Walter 進到病房，檢視各種儀表紀錄後，對 Mary 說：

「輸血過程順利，目前病人心臟跳動仍極衰弱，雖然輸血過後，稍見好轉，但仍在危險期內，只要她能在三十六小時內醒來，生命可保無虞。」

Walter 又再補充說：

「不管什麼時候病人醒來，千萬別讓她再受任何刺激，那會對她病情不利。萬一再度昏厥，生命便將極度危險。」

Robert 夫婦連連稱是，也連連致謝。

趙厚仁在綺色佳準備他博士研究生的學業，非常忙碌，讀書和預擬未來博士論文綱要，極費心思，有時還得和指導教授預約時間，面聆教益。因之從旅遊歸來後，較少與用和連絡，更少機會見面。某日夜間正在課桌燈下思索論文題綱，忽聞宿舍電話鈴響，他匆忙過去拿起聽筒，一聽是 Robert 聲音，告知 June 有緊急狀況，盼他速去紐約。於是他拋下功課，心急如焚，恨不立刻趕到June身邊，但時已過了午夜，當然無法成行，只好坐待天明。

此時的趙厚仁，焦慮得如同熱鍋螞蟻，求救無門。心想用和本性溫和謹慎，怎會禍事上身？造成不幸，實在匪夷可思。其實厚仁豈能知道，更大的不幸，即將接踵而至。造化要弄人，只好任其擺布。迷濛間，斜坐椅上的厚仁夢見用和渾身是血，驚醒時，天光已露晨曦，立即趕赴灰狗車站，搭上第一班車，直抵紐約。

到達醫院，迅即奔至June病房門口。斯時醫院長廊寧靜得無一點聲息，他不敢逕行敲門，正好一位護士走過，他就請她進去代為知會一聲，說有訪客在外。果然Mary立刻出來，見到Howard，悲喜交集，如同見到親人，有了依靠。便說：

「Howard，你來得真好，事件發生得過於突然，我現在一點主意都沒有，不知怎麼才好。」

「謝謝你和Robert的緊急救助，現在我可以進病房看看June嗎？」

「她現在依然在深度昏迷中，醫生說，如果沒有變化，生命或可無虞。」Mary答。

厚仁隨著Mary進到病房，看到病床上的June，一臉蒼白，身上插滿管子，而她則全無知覺，頓時悲從中來，淚水奪眶而出，心想最好陪她身旁，於是問道：

「親愛的 Mary，這一晝夜你太辛苦了，要不你先回家休息，我留在這裡陪她。」

「謝謝你的好意，但恐不行，因為 Walter 大夫只許我一人陪伴病人，並且一再吩咐，如果 June 能醒來，絕對不能受到任何刺激，所以不准其他人進到病房之內。」

Mary 頗有歉意，Howard 感到無奈，只好在長廊坐著守候，盼望 June 盡快醒來。昏迷了近三十小時，June 的雙眼皮小有跳動，Mary 立即注意，希望是個好兆。果然幾分鐘後，兩眼微微張開，看到 Mary 在她身旁，眼淚立即流出，輕聲問道：

「我不是已經死亡了嗎？這是什麼地方？」

「親愛的 June，千萬不要哭泣，你沒有死，也不會死。這兒是醫院，醫生已把你的生命從死亡邊緣救回來了。醫生還特別吩咐，若你醒來，絕對不能激動，這裡一直有我在你身旁，不用驚慌，你可以安靜休養。」

Mary 看一下時鐘，時針指在三與四之間，分針正在九字，大約距離天亮還有二個小時，於是撳了一下電鈴按鈕，立即有位值班護士過來，看到病人甦醒，極為高興，Mary 說道：

「護士小姐，天明後請盡早告知 Walter 醫生。現在我想給她喝點溫水，請給我幾支吸管好嗎？」

護士允即照辦，但問走廊上有位男士，一直靠在長椅上假寐，要否告知他病人已醒。Mary 搖手，意思暫緩。稍後護士送來一包吸管，Mary 稱謝後，走到病床邊，拿著半杯溫水，扶著 June 的頸部，把吸管放入她口中，讓她飲水，而且明顯看出她很口渴，可謂及時甘霖。此刻 June 的視線，正好直對 Mary 一副慈祥的臉龐和充滿愛心的眼光，立即感到無限溫馨，心想除了母親之外，無人能有如此貼心愛護，因之淚水又不斷淌下，一邊喝水，一邊飲泣，輕輕說道：

「Dear Mary，你真像我的母親，我愛你。」

「沒錯，你就是我的女兒，我也很愛你。」

June 伸出手來，抱住 Mary 的腰部，Mary 也伸手抱著 June 的身體，久久不釋，真如一幅母女親情的美麗圖畫。

Mary 突然想起 Howard 還在廊上守候，於是問道：

「親愛的 June，你知道嗎？Howard 這一夜都在醫院，非常焦急，現在還在病房外面，等著想要進來看你，不知醫生是否許可，要不要先請他進來和你見個面？」

沒有想到，June 聽到厚仁的名字，竟然立即失聲痛哭，邊啼邊泣，用萬分無奈的口吻向 Mary 懇求說：

「我對不起他，請不要讓他和我見面。」

Mary 覺得訝異，連忙問道：

「為什麼？他是你的未婚夫，不是嗎？」

用和欲語先流淚，終於說：

「是的，但我現在全身細胞都遭受凌辱汙穢，已經不配再是他的未婚妻。過去的 June Sun 已經死亡，請他把我忘掉，不要再和我見面，也就是請你務必阻止 Howard 進來，否則我只有再去求死。」

June 愈說愈激動，哭個不停。Mary 見此狀況，著實讓她迷惑。她不瞭解中國女士對婚姻倫理的觀念，如此堅貞不貳，以致 June 在受凌辱後，竟以自殺了斷。現在又因羞愧不願再見未婚夫，同樣要以再求死亡相脅，嚇得 Mary 只好答允，不讓 Howard 進入病房。

Mary想到Howard還在長廊守候，於是走過去和他見面，說：

「先給你個好消息，June剛才已經甦醒過來，但她哭著對我說的第一句話，說她全身汙穢，沒有顏臉和你見面，要我阻止你進入她的病房。我雖給她勸慰，但她堅持，甚至寧願再死，所以我想你只能暫且忍耐，先回學校，等她康復，再行設法，你說好嗎？」

Howard萬般無奈，只能怏怏離去，但內心極為苦悶，想到在此生離死別關頭，他竟似個局外人，悵惘不已。Mary回進病房，對June說明經過，June仍然哭泣不止。

幸好過了幾分鐘，Walter醫生過來查房，見到病人仍在哭泣，便說：

「Miss June我知道你已甦醒，這是很好的現象，但你至少還有三十六小時，方能脫離險境，所以你必須還得避免激動，充分休養，那麼一星期後，你可以出院。」

Walter醫生離開病房後，June停止了哭泣，Mary繼續給她安慰，勸她平靜休息。

三十六小時之後，病情並無變化，Mary非常高興，想與June談談出院後的事。她建議向學校請假一個月，在家休養，直到完全康復。June謝Mary好意，答允加以考慮。

實則June的內心，受此重創，萬念俱灰。她的自殺，原是以身相殉，用以抗議她愛厚仁的忠貞受到褻瀆，但是醫生卻把她的生命從死亡邊緣救回，讓她覺得未來的生命已經毫無意義，需要多加思考，於是她對 Mary 說：

「親愛的 Mary，你為我勞累了三個晝夜，我感激不盡。現在我也給你建議，你必須回家好好休息二天，然後再來醫院陪我，好嗎？」

「謝謝你的建議，說實話，我的確是有點累啦，但我只需一天休息就夠，可是我不在這裡時，你不能哭泣，不能下床任意走動，等我後天回來，等你出院。」

「你放心，我一定聽醫生和你的話，安心靜養。不過有件事要麻煩你，後天你再來時，請到我的房內，從我衣櫥內取出一個棕色的手提箱和床頭櫃上一個鑰匙包一起帶來，行嗎？」

Mary 爽快答允照辦，但又問了一句：

「有必要嗎？」

「是的，裡面有出院時需用的東西。」

過了十分鐘，Mary 離開病房回家，臨行還殷殷囑咐多多休息。

用和單獨一人留在病房，開始靜思。一想到當時引狼入室，無力誓死抗暴，又自戕未果，心如刀割。她痛恨日本鬼子，也厭惡紐約這個充滿罪惡的都市。她思量她的未來，在痛苦與矛盾的掙扎中，她下的第一個決心，就是遠離塵世，去到很遠很遠人跡罕至、接近天國的地方。其次，她已死過一次，現又再生，她將改變她的人生觀，不再致力成就，不再追求完美，只以虔誠的真愛伺奉上帝。最難堪的是，以她汙濁之身，良玉有瑕，豈能再有顏面去做厚仁的終身伴侶，因之她下決心，從此要和厚仁避不見面。這是一個最艱難、最痛苦的抉擇，也對厚仁是極大的不公。

然則，世事不僅多的是不公，更多的是無情。就以用和這樣一個玉潔冰清的少女而言，無端慘受凌辱傷害，已夠殘酷。她以身殉愛，未能如願，現今還要下這寡情的決心，又不能當面與她心愛的人商量，真是情何以堪！

用和明知厚仁對愛情的執著，她為了堅定決心，又一再對自己說：

「情到深處無怨尤，勇敢走這不歸路。」

Walter 醫生每天巡視病房，見 June 的病狀，日有進步，甚為滿意，允許她下床在病房內走步。Mary 回來時看到 June 能獨自走步，就問醫生何時病人可以出院，醫生告知，

三、四天後，June和Mary都很高興。

曼哈頓區警長又來醫院，探問是否可與受害者詢答談話，但Walter醫生說，最好再過幾天，等她出院時再談。警長覺得事關人身安全，自表同意。

Mary和June聊天，盡量不談那晚的恐怖事件，免得觸及她的傷痛，整日保持輕鬆氣氛。可是晚上Robert給Mary來了電話，他患了感冒，不停咳嗽，還有點發燒。於是June催促Mary當晚回家，照顧老伴才是第一要務。

那夜特別漫長，用和一再思想，無法入睡。她的決心對厚仁實在不公，特別前幾天拒絕他進病房，一定讓他傷心，所以決定起床，連夜給他寫信。她向護士要了一些信紙、信封，可是拿著筆桿，寫了又撕，撕了又寫，終不成文。心碎之餘，只能回到病床，通宵思考，如何能讓一紙信箋，求得厚仁寬恕，以致整夜未能入眠。直到黎明，倦極而睡。不久醫生查房，Walter主治醫師告知，明天可以出院，又給她開了兩種安神的藥，出院時可以帶走。因之用和覺得欣慰，倦意稍消，用完早餐，立即坐到桌邊，振筆作書，其間雖因感傷而停頓，但仍一氣呵成。信文寫的是：

厚仁哥：

請原諒我，沒有在你名字之前冠上「親愛的」三個字，因為我再也不配使用那樣的稱呼，來褻瀆我所依戀的偶像。

也請原諒，我已違背了嶗山的誓約，所以更要請你寬恕，我沒有和你見面就不辭而別，因為以我殘花敗柳的汙穢之身，實在無顏與你面面相對，以致汙染了你的尊貴。

我已死過一次，知道被搶回生命的苦澀滋味。再生的恥辱感，遠比痛快死去更難忍受。過去的孫用和，已經不復存在。

我痛恨毀我貞潔的鬼子，永世不會磨滅。我要避開這萬惡的塵世，離開見不到光明的黑暗，獨自遁隱。

當然，我知道躲避是懦弱，我也承認喪失了追求幸福的勇氣，所以要走得遠遠，不知所蹤，是我唯一的選擇。至於去到哪裡？會不會再有危難？非我所要顧慮，因為我對生死，已不在意。

唯一懇求你的是，千萬不要找我。天之涯，地之端，都是我可棲身之地，何處可以療傷？何時能會再有新生？我也不知，一切全部交託上帝。所以求你切勿枉費時間和精力，去窮追一個未知。

別了，仁哥，盼多珍重。書不盡意，在此擱筆。

永遠想你的用和親筆一九三四年九月

接著利用空檔時間，再用英文給 Mary 寫了一信：

親愛的 Mary：

感謝多年來對我親切的照顧，特別是在醫院內貼心的守護，是我生命中又一次獲得像慈母一樣的溫馨與恩寵，我將永世不忘。

命運誠難逆料，經過這幾天的仔細思考，我決定遠離這個讓我痛恨又心碎的城市——紐約，理由你已非常清楚。雖然我萬分捨不得和你分離，但我只能向你抱歉。

另一封是給 Howard 的信，麻煩轉交。

祝你和 Robert 平安健康！

甚望來生再見！

深愛你的 June 親筆一九三四年九月

用和含淚寫完兩封信以後，再複閱了一遍，然後裝入信封預備明晨離開醫院時，交給護士轉交 Mary。這淒涼的一天，無人可以理解用和內心的辛酸，和她萬不得已給厚仁留書告別的苦痛。

天可憐見，魔鬼侵害的後果，都讓孤單的用和一人承受，而這孤單的弱女子，即將在熙攘人海中消失。

次晨一早，June 親自辦理出院手續和繳清費用，獨自一人，拖著她的手提箱，走向醫院大門，迎面一道陽光正好直射她的眼前，幾乎讓她眩暈，暫時停步。自己深知前途必然多艱，於是勉力鎮定一下，終於走下台階，從此失蹤。

天悠悠，地茫茫，何處能容她去闖蕩，正是孫用和面臨的一片迷惘。

第十三章　暴徒緝獲落法網

Mary 首先在八時三十分到達醫院，逕去病房，不見 June，立即問護理檯，病人去了何處？護士答道，Miss June 一清早就要我們辦理出院，因為她已獲得 Walter 主任簽字許可，所以我們陪她去了住院部，於繳清費用後，順利辦完手續，帶著手提箱走出院門去了。

說話時正好 Walter 主治醫師過來，證明他已許可 June 今日出院，但她清晨急著離開醫院，則不知何故。大家狐疑時，Howard 匆匆忙忙進來，焦急地問出了什麼事嗎？一位護士小姐過來，手上拿著兩封信，問明誰是 Mary，誰是 Howard，一一分別遞送，二人連忙拆開。Mary 首先淚流滿面，哭著自責說道：

「前晚我就不該回家，今早又不該來得太晚，是我的錯。」

Howard收到的信，內文較長，他每字仔細的讀，每讀完一句，就唉聲長嘆，直到全部讀完，他竟跌倒地上，一語不發，兩眼發直，呆若木雞。幸好Walter醫生把他扶起，給他注射一針，立即回復鎮定。

大家緊張的，只為一件事：June出走了，而且不知去向。

正在六神無主時，紐約曼哈頓區警長及時來到，預備要向June作詢答，聽說June失蹤，也吃一驚，深怕影響偵檢進度。但他也向大家說明，本案兇嫌已經逮捕，警檢雙方決定提出公訴，控兇嫌暴力性侵傷害罪。法庭准許受害人不必出席，以免受到二次傷害，所以今天要來採錄當事人的詢答，不幸她已出走，好在她的留書，都是有力證物，因之警長要求各證人，屆時務必準時到庭作證。

根據警方管理街頭流浪賣藝人資料，兇嫌Paul Yamaguchi是日本籍移民，二十世紀初期，隨其父親自日移民來美，本名是山口大武，少年時曾入新澤西州一家音樂專科學校肄業。後因父親經商失敗，又遭車禍死亡，Paul遂成孤兒遊民，以致常在紐約市街頭流浪，以拉小提琴在街頭賣藝為生。案發後，他逃離紐約市，經市警局通報各州警方協尋逮捕，終於日前在紐澤西州紐瓦克市落網。

曼哈頓警局把全案偵辦過程，連同各項證物及拘留嫌犯一併送請紐約法院檢察署，對Paul提出強暴性侵罪公訴，只待法院公布審詢日期。

趙厚仁從收到用和的告別信得知她出走失蹤後，回到康大，心有切骨之痛，以致廢寢忘食，把原擬續修博士學位的計畫全部擱置，向學校申請延緩一年。同時連日來整天拿著過去所有用和給他寫的書信，一封又一封，一頁又一頁，細細複閱，忽爾嘆氣，忽爾婉笑，情癡意迷，已到失魂落魄地步，一直自問：「今生還能相見無？」

直到Robert來了電話，告知他法院後日上午九時開庭審案，要他準時到庭作證。他才意識到，替用和在法庭申冤，是他最重要任務，不能缺席，因之隔日他去了讓用和稱為萬惡的城市——紐約。

法庭開審日，民眾坐滿旁聽席。哥大醫院主治醫師Walter及護士、房東夫婦Robert及Mary、受害人未婚夫Howard等五人坐證人席。九時正，承審法官Fred Benjemin蒞庭，擊槌宣布開庭。首請控方檢察官說明起訴案由，並命法警引被告額頭尚有傷痕的Paul Yamaguchi入庭，坐被告席。檢察官John Powell起立，指控被告無正當職業，行為粗暴，入侵受害人June私室，以暴力強行攻擊，迫使受害人受其壓制，逞其性侵惡行，以致受害人June不堪凌辱，割腕自殺。後雖經醫生急救，留住生命。但因June受此侵凌，認為畢生奇恥大辱，自覺無顏見人，因之雖已救回生命，現在人卻失蹤，不知去向，所以今日受害人無法出庭。犯案人Paul惡性重大，其犯行已經觸犯刑法妨礙自由及強姦罪，請求庭上法官及陪審團判以應得之罪。

被告未聘律師為其辯護，所以庭上法官Fred Benjemin直接向被告問話：

「被告Yamaguchi，你聽到檢察官的控訴，你認罪嗎？」

額頭上還留有被酒瓶擊破傷痕的Paul回答：

「啟稟法官，我並非入侵私室，而是被邀進屋。我也並非強姦，而是在她引誘之下，與她發生肉體關係。」

此時坐在證人席的趙厚仁聞之大怒，突從座位上站起大聲斥責：

「你這無恥之徒，一派胡言。」

庭上法官立即敲了二下法槌，命令安靜，並指示證人意見，只能在指定程序時，作證發言。

檢察官起立，表示控方另約定四位證人，請求法官傾聽他們的證詞，獲法官許可。

庭上命令准許 Walter 醫師首先發言作證：

「這個月的八日晚上大約九時左右，急診處收到一位割腕自殺的女性傷患，我負責急救。由於她已大量失血，生命垂危，所以第一步必先緊急止血，然後依其血型，立即給予輸血，總算保住了她的生命。但在檢查她身體狀況時，發現她身上多處新成的淤血，顯然自殺之前曾有鬥毆過程，尤其下體傷痕更為明顯。復經婦科醫師會診，證明受害人自殺，乃是被性侵造成的結果。」（護士證詞與醫師相同，不另記錄）

其次，應由房東夫婦作證，他們商定由 Mary 發言，但她尚未開口，已經泣不成聲，經 Robert 一番勸慰後，勉力站上證人發言台，如怨如訴地說：

「Miss June 是我所見最溫和有禮、氣質高貴、有極好教養的女孩。她租我房子三年多來，從未有過任何不愉快的情事，我待她如女兒，她視我如義母，我深信她品行端正，絕不會有輕薄的引誘行為。被告所稱，全屬推諉的謊言。至於被告如何進入 June 的室內，依我判斷，可能是稍早幾天前，有一晚上，因為 June 有新的創作〈星空小夜曲〉剛被教授讚許通過，所以我們夫婦和 Mr. Howard 在家為她慶祝，June 也很高興重複彈奏了二遍，或許被那流浪漢的被告，在戶外聽到樂曲，而抄襲拿去賣藝。案發那天晚上，恰巧

June回家，被她聽到，感到好奇，於是心存善意，讓被告進到屋內，試著把〈星空小夜曲〉作鋼琴與小提琴協奏，我們在樓上聽到的樂聲，正是二人的試奏。但被告品行下流，見到美色秀女當前，竟動慾念，以暴力性侵，June當然誓死抵抗，所以我們也聽到毆鬥的雜音。後來想必獸行得逞，June不甘受辱，於是自殺，甚至繼又從醫院失蹤，都因被告行兇所致。這兒有一封Miss June留下給我的告別信，可以呈堂作證。」

再次，輪由證人之一的Howard發言。他在庭上一直注視被告的形像，厭惡他的人面獸心，對他極端痛恨，很想衝前給他一拳。但他知道法庭秩序，不許他有洩憤行為，所以他作證時，情緒相當激動，臉上淚痕未乾，他站起時雙手仍有握拳姿勢，用力地說：

「我是受害人June的未婚夫，她是我生命中至愛的人，她的自殺與被救後的失蹤，都是這魔鬼被告惡行的結果。June生性善良，不知道在這個繁華都市中存在許多罪惡的陰暗，因之缺少防範自衛的警覺，以致失身。請求法官為了維護社會治安，應給這樣的暴徒以最嚴厲的懲處。這兒是我未婚妻在出走前給我寫的告別信，可以說字字血淚，呈請庭上審閱。」厚仁說完證詞時，又是淚流滿面。

證詞將要終了時，法警突將法庭大門打開，引進一位紳士，先向檢察官報告，繼獲法官准許，列席作為新增證人，讓他發言作證。他的證詞是：

「報告庭上法官，我是茱莉葉音樂學院的教授，我的姓名是 Dr. Frederick Brown，是本案受害人 Miss June 的老師。今天我自動來到法院作證，是要給 June 負責證明，她是一個勤學又溫良的好學生。她的品行端正，富有善心，是學校內很多師生們認為可敬的一位同學。我們學校甚望本案偵審的有關文件，不會出現任何有損 Miss June 名節的詞句和文字，以維護她的榮譽。同時本校也請求警方，盡快尋獲失蹤的 Miss June，讓她可以完成僅剩一個半學期的完整學業。謝謝庭上尊敬的法官。」

所有證人的證詞完畢後，檢察官 Powell 起立作了控方控訴的總結說：

「依據剛才各位證人的證詞，加上警方提供的指紋、血液、被告的帽子和他本人額頭留下的傷痕等所有物證，已可肯定 Paul Yamaguchi 罪證確鑿，請求陪審團予以有罪判決，並請庭上法官處以應得罪刑。」

Benjemin 法官於是直接詢問被告：

「被告 Paul Yamaguchi 有何辯詞？現在可以說明。」

那時山口被多位證人的證詞攻擊得全無反辯餘地，令他啞口無言，所以只說：

「沒有。」但說話時無意間用手摸了一下額頭的傷疤。

於是法官又問：

「你額頭上的傷痕，是最近造成的嗎?請說明受傷的原因。」

山口無言可答，只搖搖頭說：

「我沒有話要說。」

到此 Benjemin 法官認為庭詢已可終結，隨即宣告：

「本案審詢結束，請陪審團女士先生退庭到會議室審議被告是否有罪，等到產生結論時，再行繼續開庭。現在暫時休息，被告還押。」

法官離開高背座椅，轉身退到庭後，全體陪審團員也隨之退庭進入會議室。於是法庭聽眾議論紛紛，咸為被害人叫屈。Howard 此時很想出拳給山口一次痛擊，為 June 洩恨，但被告已被法警帶走，以致失去機會。

大約過了十五分鐘，全體陪審團員魚貫回到法庭，依次入座。Benjemin 法官也同時回座。陪審團推出一位代表，向庭上法官呈上他們審議結果的報告。法官接過報告之後，立即朗聲宣布：

「全體陪審團員一致認定被告 Paul Yamaguchi 有罪。」

法庭所有聽眾隨即發出「好」的聲音，顯示讚許和認同。

Benjemin 法官繼續宣告判決：

「本案被告已被審定有罪，現在本法官宣判，被告 Paul Yamaguchi 應入獄服刑三年六個月，不得假釋。」

由於控辯雙方都無意上訴，本案到此終結。山口定罪後當日被送進牢房，唯一認為永不結案的是 Howard 趙厚仁。對他而言，此恨綿綿無絕期！

第十四章　遠離萬惡城市、擁抱靜默曠野

孫用和悄悄獨自離開醫院，剛出大門，一道陽光直射她的眉頭，覺得非常刺眼，似乎很久不見天日，反有怕見光明的驚悚。她無暇作太多思慮，只是四顧徬徨，不知該去何方。但她唯一的思想，就是離開這萬惡的紐約，愈快愈好，愈遠愈好，去一個見不到人的地方。

有了這個想法，於是決定先去銀行，提些現款，然後雇了「的士」租車，直往鐵道中央車站。進入站內，她仍不知該走哪條路線、搭哪次班車?抬頭一看行車班次牌告，正好十時有班列車，駛往緬因州波特蘭港。她知道緬因州是美國領土東北角最偏遠的一個小州，實際距離紐約不算太遠，但下意識中那是美國的邊界，要離開美國一定比較方

便。於是未加思索就買了一張去緬因的車票，立即從入口處登上列車，不久列車準時啟動，她就如此匆忙地別離了紐約。沒有人認識她，當然也沒有人為她送行，她也就不須揮手向紐約告別。

用和坐在車上，眺望窗外，再回首看那濛濛天際的世界第一大都市，逐漸向後消失，終於舒了一口氣，別了紐約，不會再見。可是思潮不久又有起伏，心中難以忘懷的畢竟還是趙厚仁，不跟他見面，又不辭而別，一定令他萬分傷心，但他是無辜的。雖然她已給他寫了一封情義深長的告別信，自己還是認為對他的愧疚，豈是一紙書函可以釋懷，邊想邊泣，不禁淚流滿面，難以抑止。

同時，她的耳際，竟有幾個熟悉的音符，不時跳躍，不停迴響，那是〈星空小夜曲〉。不錯，那是她在學校獲得榮譽的創作，但也是讓她受辱而自殺的曲子，更是讓她與厚仁別離的曲子，以致內心興起一股惱怒，甚至想要再度自盡。此時列車突然停止行駛，原來前面有批牛群正在跨越鐵道路軌，駕駛員見到意外狀況，不得不及時停車，也驚醒了用和的胡思亂想。

列車繼續行進，奔馳在廣闊的曠野之中，兩旁整齊的田陌，遠山的含笑，近水的清流，都引不起她的興趣。雖然她已遠離喧譁的塵囂，但內心的憤恨，對厚仁殘缺的愛，遺下一生無限的怨屈，終身無法彌補。因之她對自己的這次出行，自認為是「躲避之旅」、「孤單之旅」或「飄泊之旅」，不論如何定名，都難解脫她今生生命的苦惱。

她能做的，只有把一切交託給主，求上帝憐憫，賜她寧靜。所以她在車上一直默默祈禱，求主垂聽，給她智慧、能力和勇氣，讓她順從天父的旨意，走她未來的道路。

列車到達終點站波特蘭港，孫用和隨眾下車，經過車站大廳時，取了一份導遊指南，走出車站大門。但不知該向左走或向右走，同時又感到兩腿乏力，於是翻閱導遊指南，選了一家應算高級名為Shangri-La的旅館，好在車站門口，多的是出租汽車，隨意坐上一輛「的士」，不出十幾分鐘，順利到達旅館門口。接著就有穿著制服的守門服務員，幫忙替她拿了手提箱，引導走到廳邊櫃檯辦理登記。

用和一清早從醫院出走，經過長途火車勞頓，又尚未進過早、午餐，自覺相當疲乏，亟須休息。櫃檯內的服務人員看出她有倦容，午餐時間已過，餐廳已停止服務，因之一位接待人員對她說：

「小姐，你的房間正在清理，請先在客廳沙發稍坐片刻，這兒是一杯剛煮的咖啡，請飲用完畢後，就可上樓進入房間。」

June坐在沙發椅上端起一杯熱熱的咖啡，喝了一口，倒是給她一些溫暖，精神也稍好轉，正想假眠片刻，服務人員卻過來說：

「小姐，房間已經收拾好啦，現在就可進房。」

於是June立即站起，隨著服務員乘坐電梯到三樓，進入306室，一看房間非常整潔，也很寬敞，覺得滿意，給了服務員小費，關了房門，預備躺床休息。

這是她一生中第一次單獨一個人、無人陪伴住宿旅店，所以剛一躺下，立即感到一種莫名的孤寂，連窗外馬路也無紐約那樣的車喧，這種異樣的安靜，反倒讓她神經有些緊張，無法闔眼。更沒想到，無聲的靜寂，竟又把她帶進遐思的深淵。想的是恐怖的那晚，念的是不能再見的厚仁，耳際又在響起那些惱人的音符，這樣的情景，很有可能使一個從未經歷挫折的女子再度步上輕生的傾向。幸好她蒙主恩典，立刻強自鎮定，站起身來，進到浴室，用溫冷水沖灑全身，頓時覺得輕快舒適。然後更衣，走出旅館，步向街頭，讓街景來掩蓋她的苦惱。

她依然不知要去何處，但偶一抬頭向東方望去，似乎那邊天際寬闊明亮，於是她就信步往那方向走去。也不知走了多久，藍天更是燦爛，原來那是大海邊緣。堤岸遠處，還有一座高聳入雲的燈塔，白身紅頂，極富美感。用和眼目為之一亮，心情也隨之舒緩。於是漫步沿著堤岸向前走去，其時已近黃昏，看到塔頂的燈樓光芒四射，更加吸引她的喜愛，乾脆離開步道，跨進燈基四周堆砌的塊塊岩石，不怕那些石堆如何崎嶇，也不管那些硬石會否觸痛她的腳底，跳跳蹦蹦，居然爬到了燈塔基座附近，找到一塊表面較為平整的巨石，她立刻停止躍動，在石上坐下，甚至可以躺平仰視天空。就這一個小小的角落，竟讓用和覺得是她離開紐約以後最寧靜無慮的地方，她希望永遠擁抱這份寧靜。

她愛這裡的安詳，更愛燈塔的光明，似乎連那些冰冷的石塊，都給她親切之感，因之她捨不得離開。而天色漸暗，堤岸道路已無人影，她卻望著天空，看著繁星點點，競相閃耀，正與初升的一彎眉月，相互輝映。那朦朧白色給天球繞上一圈的銀河弧帶，恰似給穹蒼穿上了霓裳，她眼前的景象，正是她創作〈星空小夜曲〉時的幻覺與想像。如今一切皆空，不禁讓她再又流下淒涼之淚。

無助的孫用和，只能跪在石台上禱告：

「慈愛的天父，感謝祢寬恕我的愚昧，拯救我這卑微的生命。但我要繼續懇求祢賜我勇氣，驅除魔鬼；賜我能力，走正確的道路；更賜我智慧，辨別方向，順從祢的旨意，活在基督裡，引導我走出陰谷，脫離凶惡，接受祢的恩慈。這樣祈求、感恩、禱告，奉主耶穌基督聖名，阿門。」

用和祈禱完畢，睜開眼睛，看到下弦月已漸西斜，知已時過午夜，但她又覺得此刻她的心靈，似乎與主十分接近，是她從醫院出走以來最安寧的時光，一時還捨不得離開。但隔了不久，天空下了絲絲小雨，身上也稍有寒意，於是只好站起，走回旅館，吃了幾塊餅乾充飢，倦極之下，勉強入睡。

用和次晨一早醒來，總算有了四個小時的睡眠，精神狀況尚稱良好。但基本上心中懸念的問題，實際是個矛盾。她因羞愧憤恨而急著離開紐約，愈遠愈好。另方面念茲在茲的則是趙厚仁，遽然把他抛開遠離，對相愛至深的未婚夫而言，無異扔他進入黑暗的深淵，對他極不公道。這二個相反的思維，在她胸中盤旋，還不知何時或如何得解。

孫用和對「愛」的觀點，是個絕對的唯美主義者。她把愛情視同一塊純靜白玉，通體全無瑕疵，不能存有些微斑點，否則便是失貞，當然再也不是白璧無瑕，「愛」就失去了完整。她與厚仁的相愛，自幼就以這個完整性彼此期許，要做世上最貞潔的愛侶。

如今她被暴力汙染，求死不遂，成了真純愛情的叛徒，是她千古之恨。

在解決矛盾的痛苦抉擇下，她還是決定走得愈遠愈好。現在她已身在美國領土的邊界，只需簡單的一步，近在咫尺，便可跨進別國的土地。但她不喜歡鄰國加拿大，因為那邊的風俗人情、語言文化與美國無異，讓她會有並未離開美國的感覺，所以決定放棄這項最簡單的選項。

她躑躅波特蘭街頭，對未來何去何從，依舊茫然，但走得愈遠愈好的原則不變。她朝臨海的方向走去，到了港埠碼頭，看到港灣之內，停泊了很多遠洋輪船，其中最大的一艘，船身明顯標著「SCANDINAVIA」幾個大字，想必是它的船名，倒是吸引了她的注意。她心想，那不是地球上最接近北極圈的地區嗎？也必然是很遠很遠的地方。於是她走近停船處觀看，見到船尾有許多工人，忙著卸貨。而船身前半，則有艙房，也還有旅客上下，斷定那是客貨兩運的海輪，但不知其航線為何。恰好身傍不遠處，有一個正在工作像是職員的男子，她就走近問道：

「請問這艘 Scandinavia 輪船將要駛往何處？」

「將要開到北歐瑞典。」男子打量她一下回答。

用和心中正想離開美國去到最遠的地方，於是再問：

「輪船有搭乘旅客嗎？在哪裡可買船票呢？」

那男子覺得有些好奇，一個單身女子，竟要獨自遠行，不免帶著疑惑反問：

「你一人要去瑞典？」

「是的。」用和肯定地回答。

「碼頭街上那幢綠色牆壁的樓房，就是這艘輪船的公司地址。」男子半信半疑指著右邊方向答道。

用和禮貌地說聲謝謝，然後朝那方向走去，到得近處，看到綠牆樓房大門上掛著「Aronsson Shipping Company」，於是推開大門，進到辦公室，對著一位像是主管樣的職員問道：

「你們是專營北歐航運的輪船公司嗎？」

「是的，小姐，你需要我們什麼幫助嗎？我們願意竭誠服務。」這位主管很尊敬地回問。

「我想購買一張近日就可啟航去瑞典的船票。」

「當然，我們可以效勞。但請問就你一個人嗎？你有護照和簽證嗎？」

「是我一個人，我有中國護照，但我沒有瑞典國的簽證。」

那位主管微微皺了一下眉頭說：

「簽證是進入任何國境必備的要件，我們航運公司出售船票，也只能售給有護照簽證的旅客。」

用和一時頗感失望，但仍接著問：

「有什麼臨時的補救辦法嗎？」

那位主管猶豫一下後說：

「能否成功，我沒有把握。這裡波特蘭港是美國與歐洲通商的重要港口，因之瑞典駐紐約總領事館特別派遣一位副領事每週一、三、五來到這裡，處理一些商務公事，有時也對個人核發護照簽證，他的辦公地點就在我們公司隔壁。如果你的運氣很好的話，碰到一位溫良的副領事，也許他會給你一個臨時的短期簽證。」

用和聞之一喜，繼續又問：

「那麼可否請你現在陪我試試運氣？」

「現在已是星期五的下午，他們已經下班回去紐約，最快要到下星期一，屆時你若仍想乘坐這班輪船，那你就得在週一上午十時以前，來到這裡，我可以陪你去見那位副領事，倘若你能得到簽證，那麼你就可以乘坐我們星期二中午啟航的這次班輪。祝你好運。」

用和稱謝而別，隔了二天，她如期再到輪船公司，見到了上次會面的那位主管，由他陪同走往副領事的辦公室，一看室內豎有瑞典國旗，壁上掛有國王肖像，應是正式的官方單位，不致有誤。她又聽他們二人用瑞典語言交談幾句後，那位看來應該就是副領事的男士，轉身對著用和以英語問話：

「請問你的姓名，哪一國籍？有無護照？」

「我的姓名是June Sun，中國人，這兒是我的護照。」用和一邊用英文答，一邊遞交護照。

那位副領事看了護照後，又問：

「你從紐約來，怎麼不去我們總領事館辦簽證？」

用和被這一問，一時有點語塞，但立即鎮定回答：

「我是茱莉葉音樂學院應屆畢業的學生，計畫去歐洲考察旅遊，還未選好目的地。日前來到波特蘭港，看到有去北歐的輪船，而我一向欣賞貴國的文化藝術，因之很想去貴國訪問。剛才在碼頭遇到輪船公司的這位先生，推薦他們公司有航輪待發，並且介紹來此辦理簽證，希望能給協助。」

副領事看著面前的女士，氣質高貴，談吐文雅，一副大家閨秀氣派，又是將從名校畢業學生，當然認定屬於可受歡迎之列。因之禮貌地答道：

「歡迎到瑞典考察訪問，我可以在我權責範圍內，給你一個短期簽證，停留期間以三個月為限，到期如果你有需要延長，可到我國首都斯德哥爾摩，向外交部申請，辦理延期加簽。」

「非常謝謝副領事先生給我這樣方便，我將十分感激。」

副領事拿著June Sun的中國護照再次翻閱一遍，並核對持照人相片，認無任何疑點。於是遞出一份申請書表，讓她填寫，經過審閱無誤後，愉快地說道：

「我現在就可給你簽證，不過你須繳付簽證費四十美元。」

用和毫不遲疑，如數付了四十美元的簽證費，幾分鐘後就取回已有瑞典簽證的護照，隨即稱謝退出。一直陪同辦事的輪船公司那位主管人員也一同走出副領事的辦公室，並說：

「Miss June現在我從你的護照上得知你的姓名，可以這樣稱呼你嗎？」

「當然可以。」用和微笑回答。

「那麼下一步驟，將是到我們輪船公司給Miss June開發船票，如果Miss June願意，要不要先請登輪，參觀一下船上的艙房，並請作個選擇？」

用和自然願意，於是登上輪船，選了一間可以隔窗瞭望海洋的頭等艙房，付了船票五十美元，離開碼頭。

在她回去旅館路上，先去一家百貨公司，買了幾件冬季衣服。又到一家書店，買了幾本有關瑞典的書籍以及一本新《舊約聖經》，預備在船上仔細閱讀。覺得諸事俱備，心情頗為安定。

回到旅管，稍事休息，她開始為她遠洋旅行收拾行李，突然在她手提箱的角落，發現一件小小的黑皮記事本，她不記得那是她的東西，翻開一看，裡面有Mary的筆跡，她肯定在她匆忙離開醫院時，誤將Mary的小記事本放進箱內。於是她直覺認為，此物應該立即寄還原主。所以她馬上下樓，向櫃檯要了一個空白信封，把小黑本子裝進信封，寫了Mary的地址，到時就在附近的郵局，當天寄出。

回到旅館，用和趕忙整理行囊。但因新購了幾件冬衣和書本，原有箱子裝納不下，於是不得不再去街上，添買了一隻皮質提袋。返回房間後，快快收拾所有衣服用品，裝妥在箱內或袋內，成為兩件整齊的行李，自覺滿意。但因忙了整天，頗有倦意，很想簡單晚餐後，提早上床休息。

那是她在美國領土的最後一夜，尤其走得如此倉促，甚至狼狽，讓她百感交集，因之無法入睡。心中始終無法放下的魂磊，自然是趙厚仁受到的無情打擊。他會因此而精神失常嗎？他會崩潰嗎？她愈想愈害怕，轉輾反側，思潮起伏，不能成眠。所謂「情欲縛人，猶似羅網」，她深深體會到那情網束縛的力量，她與所愛的厚仁，實在不該分開，甚至她想改變決定，重行回到他身邊，以致再次掀起痛苦與矛盾的掙扎，結果終於還是認為汙穢之身，不能再和他見面，而且事已到此地步，豈容後悔。只是一直哭泣，以至天明。

用和稍事休憩，沐浴梳洗後，傳呼服務人員，幫她提了行李，到樓下結帳，離開旅舍，坐上出租車，直駛港埠碼頭。稍頃看見輪船已在升火待發，一位船員正在海關門前迎接。用和辦理通關手續後，走近船旁，踏上扶梯，左腳邁出第一步，跟著右腳跨出離開美國土地的最後一步。她沒有回首多看一眼，逕即進入艙房。昔日的用和，不再復返，過往的幸福、快樂，都已隨風而逝！

第十五章 決志遁世、隱入空門

一九三四年仲秋，孫用和從美國緬因州的波特蘭港乘輪遠渡北歐，形單影隻，顧影自憐。輪船離岸駛入大西洋，美國海岸線逐漸消失時，她依然未再回首，加強她遠離心碎之地的決心。

頭二天，她還不能完全揮去夢魇似的痛苦回憶，也無法忘情厚仁的至愛，以致心情兀自忐忑不安。她想到了新買的《聖經》，隨手翻開一頁，那是約翰福音，首先進入她眼簾的經文，竟是第八章第十二節的首二句：「跟隨我的，絕不在黑暗中行走。」讓她頓時眼目清亮，立即明白領悟到，主耶穌是世界的光，只要跟隨主的榮光走去，就不會陷入黑暗。

於是她下了決志，要終身侍奉主，遵從主的意旨和生活方式，輕視世務，走天堂的路，方能祛除內心的智障，得到平安。她在航行途中，每日勤讀《聖經》，從中獲得很多有益啟示，也加強了她的信念，人要快樂，必須經過那條沒有快樂的路。她也從買來的書籍中，得知了有關瑞典的國情、風俗、文化、氣候、地理、宗教等各個方面的知識。最讓她滿意的是，英語是瑞典國定第二官方語言，以及基督教還是王室信奉的宗教，所以心中有了定案，那就是她未來安身信主的地方。

Scandinavia 輪船於十月中旬某日清晨，駛抵瑞典王國首都斯德哥爾摩的港灣，船身停泊港埠碼頭後，艙尾忙著卸貨，前半部客艙的旅客紛紛扶著斜梯下船。孫用和踏上碼頭，第一感覺，北歐空氣非常清新，時當秋冬之交，格外予人有秋高氣爽、呼吸舒暢的快感，初臨斯地的印象，可稱良好。

但是當她走出海關，大西洋航海途中的船暈依然在她腦際迴旋，讓她稍感不適。按她在航行途中所做預定的行程，她原不想在繁華的首都停留，而是逕往她從書中選定的理想目的地——瑞典中南部南曼德蘭省距離首都約一百多公里的弗侖市，有鐵路火車可以通達。但現在既覺身體不適，自宜先事休息。於是她由海關出來，坐上出租車告知司機，只要距離火車站不太遠的地方，找一家好的旅館便可。

司機一看是個東方來的女客，便用英文問道：

「小姐，你是第一次來瑞典嗎？」

「是的。」

司機立即改以友好及禮貌的口氣再問：

「預備在斯德哥爾摩多留幾天嗎？我可以按你需要的時間和去處，專誠為你服務。」

「謝謝你的好意，我在這裡只留一天，所以剛才請你找一家離車站不太遠的旅館便可。」

「小姐，那我建議，車站周邊環境嘈雜，不很安靜。我想送你到一附近有個面對公園的旅館，離車站不過多五、六分鐘行程。那兒有很好的景觀，周圍比較清靜，你說好嗎？」

用和聽那司機說話，顯示一片誠意，心想瑞典的藍領階層，必定都有很好的工作熱誠與訓練，於是回答：

「多謝你的好意，我就接受你的建議。」

十多分鐘後，出租車停在名叫 Plevna Hostel 的門前。旅館服務人員出來招呼幫忙提了行李，用和到了大廳櫃檯，先把美鈔換了瑞典貨幣，自己出來親自付了車資給司機，那司機接著便問：

「小姐，你明天什麼時候去火車站？我可以準時來接你。」

用和感到非常滿意，回答說：

「明晨九時，你方便嗎？」

出租汽車司機，做了OK的手勢，開車離去。

旅館服務檯替 June 選了515房間，櫃檯後一位中年婦女，看到一位年輕單身女客，來住旅舍，自然地起了關愛之心，於是站起來說：

「小姐，我來陪你送你到房間。」

於是兩人同上電梯升到五樓，其間那中年婦人自我介紹說：

「我是這家旅館的客房部經理，我的名字是 Alice，我看你非常疲勞的樣子，所以陪同你過來。」

「謝謝，我是剛坐三十來天的海輪，所以的確很倦乏。」

說著，電梯門打開，Alice 引著 June 走到 515 房，Alice 用鑰匙打開房門，直接走到窗前，拉開窗帘，並請 June 過來說：

「你看窗外，一片青綠，那些都是高挺的樅木樹林，現在開花季節已過，但仍有少些黃綠色的殘花，點綴其間，可以觀賞。這個房間的視野，幾乎含蓋對面整個公園，希望 Miss June 在此休息，可以完全消除你的疲勞。」

用和對 Alice 的熱誠接待，殊有好感。接著房門鈴聲響起，進來的是服務員搬送行李，June 給了小費，Alice 再一次向 June 叮嚀：

「請你務必徹底放鬆完全休息。我會在十二時三十分把你喚醒，一同去餐廳午餐。」

June 一再道謝，送 Alice 離開房間後，心想從早晨的司機到旅館的經理，他們都是那麼熱心幫助，可見瑞典人極有人情味，認為來對了地方。如此想著，也因十分疲睏，果真闔眼就睡，這是她離開紐約的第一次好眠。醒來正好十二時三十分。Alice 也準時過來，她的精神頓感舒暢，於是笑著說：

「Alice 經理，你們這間 515 房，竟然讓我熟睡得不想起床，實在是因為四周環境太清淨美好啦。」

「謝謝你的讚賞，現在請你更衣整容後，我們同去餐廳。」

June 從行李箱內取出較為整潔的套裝，又稍事粉飾了一下臉容，同時心中也想，這位 Alice 經理，殷勤親切，似若第二個 Mary，頗感欣慰。

二人一同下樓，Alice 又對 June 說：

「我知道你是亞洲東方人，大概是中國人，而我們餐廳的大廚是香港人，會做很好的中國菜，所以我要請你在這兒午餐，猜想你已很久沒吃家鄉菜，今天讓你嘗嘗中菜滋味。」

June 聽了 Alice 的說明，自然高興。到了餐廳，二人選了靠窗桌位，一同坐下，讓 June 覺得這位經理似乎有意和她一同午餐，於是她看了菜單，其中最吸引她的是炒麵，那是她平時最喜歡的食物，所以點了一盤炒麵，之外又點了一份半中半西的菜餚和一道新鮮蔬菜清湯，June 問 Alice 有無意見，經理當然完全同意。進餐時，邊談邊吃，Alice 問道：

「Miss June，我想這是你第一次來到瑞典，不知你下一站要去哪裡？需不需要我們旅館任何協助？」

「非常謝謝你的關心，我下一站要去弗侖市（Flen），聽說坐火車可以直達，應該不會有何麻煩。」

「June，我跟你直說，我在這兒擔任經理已有五年，這是第一次遇見一位東方女士，如此高雅美慧，卻又單身一人旅遊，所以認為你該有較多的照顧，因為我真的很喜歡你。願你一路平安。下次再到斯德哥爾摩時，希望仍來我們這個旅館住宿。」

「一定，我會再來。」

二人談得十分投契，很快用畢午餐，服務人員手持帳單過來，Alice示意退回，但June眼快手快，立即取過帳單，寫上房間號碼和她的簽名，並含笑說：

「對不起，我是比較保守的人，依我們中國人傳統習慣，出外不能隨便接受招待，因之我先簽字付了，請原諒。」

「你們中國人如此講究禮貌，實在令人尊敬。」Alice說完話，又吩咐侍者把尚未食盡的炒麵裝盒送到515房間，回頭再跟June說：

「剩下的時間，你全部可以休息。明天早晨九點鐘，我會在旅館門口跟你說再見。還有你去Flen的火車票，我們的服務部門代你電話預訂，票款在旅館結帳時都已包括在內，所以你到車站，可以直接到『預訂取票』窗口拿票登車，不必排隊。」

June 聽了感到欣慰之外，覺得 Alice 似乎好像多年未見的老友一樣，分外親切，身在異鄉客地，竟能遇到一見如故的朋友，心中自然格外舒適。回到房間，暫時拋開了一切煩惱，安然休息，享受了難得的酣眠。

三十來天的海上旅行，使她身心俱疲。單身遠行的孤寂、受辱的憤恨，加上對厚仁的懸念，無一不使她難獲片刻的安寧。直到決志遠離塵世，獻身天父，內心漸歸平靜。現在倦極之下，能有充分休憩，一睡幾近天明。只是醒來淚已濕透枕巾，可見夢中「惆悵還依舊」。

次晨九時，出租車已在門外守候，Alice 與 June 相擁，互道再見，不捨而別。火車駛到 Flen 市已近中午，June 出得車站，一看天氣正下細雨，也飄著雪花，所以不想在 Flen 停留，預備直接雇了出租車逕駛十五公里外她心嚮往之的瑪雪平（Malmköping）小鎮。但 Flen 人不多，出租車稀少，所以等待了十多分鐘，才有一輛乘坐。上車之後，June 問司機，小鎮上有無較好旅館，司機回答並無高級旅舍，但這兒有極好的民宿，觀光旅客大多居住於斯。司機並願推薦某一民宅，June 表同意。

出租車駛離火車站時，小雨已停，雪花仍在飄飛。車行未久，June忽然吩咐司機暫停，原來她看到車外馬路上正在行駛的有軌電車，與上海公共租界的電車同一模式，覺得好奇，於是她要下車看個究竟。果然兩國兩地電車車型及行動模式並無二致，著實給了她一種意外的滿足。在這遙遠的異國小鎮，居然使她似有近鄉的親切感。

回到出租車上，駛了不久，車子停在一家小而優美的庭院旁邊，司機向屋內主人招呼之後，出來一位婦女，表示歡迎。June下車和她握手，首先看到庭院入口處豎立一塊招牌，上面二個大字寫著「Bellringer Farm」是這家民宿兼營農莊的標示。女莊主吩咐司機把行李送進屋內，然後主動報名，她的名字叫Ingrid，丈夫叫Ronny，現在後面農地工作，要到傍晚回家。同時邀請June進屋休息，並介紹客房設施，可以隨意使用寢具和餐具。

June看過屋內三個房間，無不窗明几淨，每個角落都是一塵不染，覺得十分滿意。此時Ingrid端著一壺咖啡，二個精緻的咖啡杯子，請June一同在長窗前一個小圓桌旁藤椅坐下，以便輕鬆聊天。旁邊有個青色瓷缸，裡面有棵長青柏樹，四周地上放著許多耶誕裝飾用品，讓June頓時驚覺，再過一個月，今年聖誕節快要到了。正凝思間，

Ingrid 開口說道：

「Miss June 遠道來到這個小鎮，我們感到非常光榮。這裡的秀山麗水，蒼松翠柏，還有四周丘陵起伏的稜線，構成很美的景觀。但這地方實在太小，所以遊客並不很多，停留時間也不會太長。」

「我不是來觀光旅遊的，而是要來訪問這裡的天主堂和修道院，我從書本上得知這兒的教堂和修道院都是歷史悠久，教規嚴謹，是靈修最清淨的地方。」June 回答。

Ingrid 是個性格開朗，言語直爽的女子，立即問道：

「那你預備在這兒留多久？」

「一輩子。」June 毅然答覆。

Ingrid 聽了大吃一驚，不能相信，於是又問：

「你不是開玩笑吧？你要去做修女？我和 Ronny 都是天主教徒，但你還很年輕，你的父母會同意嗎？」

「我並非開玩笑，而是慎重的誓願，要當修女，終身侍奉天父。我的父親已經不在人世，我的母親大概不會同意，但只要我堅持，她也會接受。」

Ingrid更不能相信，一位東方年輕，看來又很尊貴的女子，千里迢迢，來這曠野地帶，要當修女，豈非奇事？但看她堅定又認真的樣子，不由得讓她對June肅然起敬，便說：

「我相信你是從神那裡來的天使，願神永遠與你同在，讓你遠離艱難，內心安樂。」

「謝謝Ingrid給我的祝福。」June欣然回答。

「現在我要請你一同到窗外後院看看你會喜歡的景色。」Ingrid從座位上站起，伸手牽引June到室外，站在一處小山坡上，腳下四周都是各色蒔花，時正中午，雨雪已停，麗日乍現，Ingrid指著左邊遠處，對June說：

「你看那邊紅瓦屋頂的二層樓房，正中有座不太高的鐘塔，那就是天主堂。再左邊有個院子平房，便是修女院。從這到那大約一千公尺，不過中間沒有道路，全程必須步行，而且走的都是崎嶇不平的石塊小徑，我們有時上教堂望彌撒，也是一步一步走過去的。」

June依著Ingrid指點的方向，極目遠眺，覺得這裡的鄉野，素樸寧靜，全無塵囂之喧，正是她理想的安身之處。而那條坎坷小路，更是最接近天國的大道。她以滿懷感恩的語調說：

「感謝神的恩典，讓我看到了去天國之路。」

「我的丈夫和我，都是天主教徒，我們為你誓願終身作父神奴僕祝福，望你得到平安喜悅。」Ingrid慎重地說。

傍晚Ronny得知一位東方少女決志隱修大感驚奇，乃邀June一同晚餐以表尊敬，並於餐前祈禱：「敬愛的天主，求祢幫助、看顧、保護June，讓她戰勝世俗，戰勝自己，直到永永遠遠，阿門。」但是他們也特別提醒June，修女的生活非常清苦，必須充滿聖靈，必須恆久忍耐。June感謝他們的衷言相告，也願經常為他們祈福。

第二天早晨，June和他們夫婦辭別，但只背了一個提袋。她問Ingrid另外一個箱子，可否暫時寄存，Ingrid自表同意，並說願意陪她步行前往教堂。June感激她的誠意，但也表示不怕小小艱苦，辭謝她的同行。

孫用和按著Ingrid指點的方向，朝著小山丘頂走去，果然那是一條坎坷不平、高低彎曲、全用砂土石子鋪成的堅硬狹窄小徑，又是一路上坡，走來確是十分辛苦。好在全程不過一千公尺，終於半個小時後，抵達目的地。她喘息未定，站在規模不太大的教堂前面，先觀察當地形勢。教堂周圍都是針葉樹叢，正前方則可俯瞰瑪雪平鎮全貌，頗有居高臨下之勢。教堂後側約二百公尺處，有片林中平地，建有形似四合院的房屋，屋頂蓋著綠瓦，外有青磚圍牆，看來應是修道院所在，環境清幽，絕無塵囂之喧，因之感覺她從書中得來的選擇還算不錯。

她回首一看教堂大門，一扇開著，一扇關著，用和便從開著的半邊，進到教堂之內。首先看到有位婦女，跪在聖堂前面，雙手合十正作祈禱。於是她先在長排木椅上小坐休息，其時教堂內光線不很明亮，視線偶向右側，瞧見有一間凸出於牆壁的單獨小室，房門虛掩，猜想大概是個告解室。她就輕輕走步向前，推開小門，裡面有個窗戶洞口，上掛帘幕，果然就是告解的地方。她在窗洞前的小椅坐下，正要啟口祈求父神垂聽她的陳訴，窗內突然傳出慎重的聲音：

「孩子，你有什麼苦腦，或有什麼懺悔，需要向神告解嗎？就請誠實地說出來吧，神必能為你解救。」

用和聽這神來之音，如沐聖恩，便坦然含著淚水說道：

「父啊！我受了魔鬼的汙辱，求死不得，讓我非常苦惱。我要向父神坦誠告白，我不知道生命的意義何在？也不知道我該如何面對生命的未來？然則我相信生命必定有其意旨。我本是基督徒，可是智慧不足，忽忽了生命的重要性，也疏於維護生命的價值，所以我想進你們教會的修道院，讓我從隱修中沉澱、靜默、凝思、禱告，藉神的大能相助，從困惑的痛苦中得到解脫，使我喜悅地終身成為上主的奴僕。」

孫用和把心中積鬱已久的苦悶，一古腦兒在告解中邊泣邊訴，傾吐而出。雖然詞句不很明晰，但裡面聽訴的神父已經大受感動，於是傳出一串溫馨似暖流的話語：

「可憐的孩子，你是無辜的。上帝必定憐憫你的苦心，接納你作為祂的忠僕，這兒的修道院應該也會容許你去隱修。但有一個事實，你必須知道，那邊的修道院和本教堂是各自獨立的聖職單位，互不隸屬。他們有他們嚴格的院規，本堂無權置喙，當然本教堂甚願轉達你的主意，從旁促成。孩子，勇敢地向前行進吧！」

用和萬分感動聆聽到神的話語，停止了哭泣，離開了告解室，慢慢地步出教堂。剛走到門口，後面來了溫和的聲音：

「我是本堂的雅各神父，我已和修道院的德蘭姆姆通了電話，介紹你去看她，你只要向本堂左後側方向走去，不久就可到達。願神庇佑，恩賜你平安喜樂。」

用和辭謝了雅各神父，照他指示的方向走去，站在一處高亢的地方，環顧四周，只見天高雲低，丘陵起伏，好一個可愛的曠野。特別是萬籟無聲，安寧得好像大地完全被靜默擁抱，不容絲毫異音。這樣高貴幽雅的環境，正是她所嚮往的地方，以致她竟不覺腳下踏著堅硬又不平的碎石道路給她的痛楚。她深呼吸了一口氣，更覺得在浮華喧譁的都市中失去了真正的自我，現在才有了「真我」，於是心胸豁然開朗，腳步變得輕鬆，不久就到達了修道院門口。

修道院深灰色的大門緊緊關閉，好在右邊有扇小門，用和按了一下門鈴，頃刻就有一位中年婦女的僕人，開門引她進去。經過像是經堂一樣的大廳，再到辦公室的房間，裡面有位穿著神袍的姆姆，正在閉目靜思，似乎在作默禱，聽到聲音，睜開眼睛，輕聲說道：

「進來請坐，雅各神父跟我說，有位東方少女，希望能入修道院當修女，就是你嗎？請問你的姓名。」

孫用和坐定，面對這位看來年約五十多歲的姆姆，慈眉善目、和藹可親、但兩眼炯炯有神的長者問話，立即小心地以英語回答：

「我的名字叫 June Sun，中國人。我是基督徒，也一直以信神為榮，並受天主的寵愛。我希望能夠終身事奉天主，可使良心潔淨，靈魂平安。從很多書籍中，我得知這裡是我最愛做神修、當修女的地方，讓我進德修業，拋棄俗世一切，全心倚靠父神，願意永遠當天主的忠僕，懇求姆姆收容接納。」

德蘭姆姆聽了 June 的陳述，稍作沉吟後說：

「親愛的 June，要做堅苦卓絕的修女是一生中的大事，也是天大的難事和喜事，但不知你為何有這種願望，可以講給我聽嗎？」

用和面對嚴肅的氣氛，還未開口回答，已先自落淚。勉力鎮定以後，就把早晨在教堂告解室的告白，委婉重複說了一遍，再求德蘭姆姆替她作主，成全她的願望。

德蘭姆姆眼看 June 在講話時悲痛的感情變化，已經知道這孩子身上受了極大委屈，乃有終身奉獻給天主的誠意，感到十分同情。於是說道：

「親愛的 June，我肯定你是純潔善良的好女子，你的來到，是神的差遣，是本院樂於和你同享基督榮光的善事。可是現實上有點難處，因為本院規模不大，這兒的一切，都是斯德哥爾摩約瑟基金會經過大主教的核准後成立的，目前的規制，只能容納姆姆二人，修女十五人，現在已經額滿，而增加員額，又不在我的權責之內。所以你能否參加本院隱修行列，要靠主的恩典。」

用和一聽，深怕願望落空，情急之下，突然想到似乎有條途徑可試，於是她說：

「感謝姆姆對我的關愛，但我還有一些補充。我是中國人，我的父親曾做國務總理和外交總長，他退休後，給了我一筆錢，讓我去美國留學，至今我還剩下不少存款，我想全部捐獻給基金會，作為擴充本院之用，不知是否適當？求姆姆指示。」

德蘭姆姆萬萬沒有想到面前的女子，竟是中國的名門閨秀，竟願遁世要當修女，而且要把財產捐獻教會，這樣的義舉還不多見，於是不能不問：

「你這樣做，你的父母親同意嗎？」

「我的父親已經病逝多年，母親現在中國上海，對我的意見、我的作為，從來都不反對，請姆姆放心。」

在這樣情況下，德蘭姆姆對於這位來自遠東的中國女子，真是不得不另眼相看，於是婉言說道：

「June，我實對你說，超額擴編確實不在我的權限之內，但我又非常喜愛你，對你的遭遇，更是十分同情。這樣吧，我將立即寫個報告給約瑟基金會，試探一下增額的可能性，如果核准，你就可以留下，加入本院。現在你可先回城市旅館等候幾天，再看結果如何，好嗎？」

「不，我不會再去城市，我喜歡這裡像花園似的曠野，自然又寧靜，求姆姆像我母親一樣，允許我留在您的身旁。」用和很難得以嬌嗔的語句作答。

德蘭姆姆也很少見到少女有這樣親暱的姿態跟她說話，不禁怡然心喜，連忙說道：

「好啦，就讓你在這裡暫住幾天，這大概是主的旨意和主的安排。」

用和感激而泣，一再道謝。德蘭姆姆隨即找來另一位稍年輕的姆姆——米雪姆姆，也是德蘭姆姆的助理，交代在院內右廂的一間空屋暫作June的臥室，並在餐廳加一座位。另又打發一個工人，去瑪雪平小鎮民宿提取June的行李，於是用和得以暫時留下，食宿無虞。

隔了三天，約瑟基金會來電話，告知基金會下週一召開董事會議，請姆姆屆時列席參加。用和得知後，認為對她可能是好消息，所以懇求德蘭姆姆務必設法成全。

星期一傍晚，德蘭姆姆從基金會參加會議歸來，面上帶著微笑，就知擴編增額案已獲通過，二位姆姆都與用和擁抱。不過德蘭姆姆拍著用和的肩頭說：

「親愛的June，我們歡迎你即將成為本院的一份子。但我現在先要讓你瞭解一些重要的事：第一本院是隱修院，在這兒的修女，過的是隱修生活，也就是要和外界塵世完全隔離，不能有任何接觸。第二是依照我們的規則，每一修女須先做實習修女三年，如無過錯，才能正式作為修女，否則要被淘汰。第三即使在院圍牆範圍內，你只能在被許可的場地作規定的活動，絕對不能越出本院大門一步。最後你要把你的身分證件和護照簽證等文件繳給約瑟基金會，由他們替你代辦永久居留，所有資料將由基金會為你保管，絕不對外公開。這些你都理解和願意嗎？」

「我願意，完全願意，也完全接受。」June說著，一邊打開手提包，拿出支票本，立即簽發一張五萬美元的支票交給德蘭姆姆，並補充說：

「感謝姆姆的摯愛和教誨，這張支票是我承諾對基金會的獻禮，請像接納我本人一樣，接納這份捐獻。」

「這筆獻金，我將立即轉送基金會，他們會作合法的處理。至於你今後在這裡的功課，生活和一切活動，都由米雪姆姆負責輔導，你要多多跟她配合。」

從此以後，孫用和將隻身遠處北歐異國，無論寒暑，必須與外界隔絕，不能會見任何來客，既不能向外通信，也不能接受外來資訊。她已從塵世完全消失，也就是要忘卻以往的歡樂、甜蜜、憤恨、痛苦，要做一個失憶又完全忘我的人。她知道這是要得父神恩寵，能去天國永生的必經之途，她信主堅定，無絲毫悔意。

一九三五年一月一日，孫用和又名 June Sun，被賜教名伯多祿，開始以隱修院為家，與天主合一，享受內心認識主耶穌的喜樂。

第十六章　咫尺天涯、相愛難相逢

趙厚仁與孫用和，現在都是天涯淪落人。他們從小相識，青梅竹馬，兩小無猜而相愛，成了未婚夫妻，原是讓人欣羨的金玉良緣。如今一個避開塵世，一個追尋窮荒，他們不在玩兒童遊戲，而是正在演出一齣離奇的人間悲劇。

厚仁從在醫院讀到用和出走的告別信後，心痛得近乎發狂；法庭作證的憤怒，尤難消除；進修博士研究的計畫決定放棄，要與用和成婚的打算當然完全破滅。現在他要全力以赴去做的事，便是尋找用和。他堅信用和必定尚在人間，也深有杜甫詩中「生別常惻惻」的憂戚，因之再下決心，即使走到天之涯，海之角，即使獻出生命，不達目的，絕不終止。

他夜夜作夢，夢到他與用和一同旅遊去過的地方，因之他的第一步行程，決定先作「尋夢之旅」，凡是他們共同到過玩過的地點，共同寄宿過的旅舍，共同餐飲過的飯店，共同逛過的街道，攜手走過的小橋，以及一起打滾過的草坪綠地，無一不在夢中出現，他就每處再去尋訪，結果都是落空、失望，但他決不絕望。

一九三七年七月七日，暴日發動對華全面侵略戰爭，舉世震驚。全美各地留美華裔學生再次發起抗日運動。厚仁心想，用和是痛恨日寇最熱心的愛國份子，也許她會參加某地某大學的抗日活動，於是他又訪遍東西兩岸幾個知名學府內反日團體的同學會，結果依然都無用和的蹤影。他開始有點懷疑，她到底是否還在美國？甚至不敢聯想，她會不會再次輕生？想到這裡，不禁讓他有些不寒而慄。

到處奔波三年，厚仁帶著極度疲乏的身心，重回紐約，走在他與用和一同漫步過的街道上，失望與憂慮，再又湧上心頭。可是抬頭一望，用和的原先住處，不就離此不遠，覺得應該往訪房東 Robert 夫婦。於是跨過街面，步上熟悉的台階，按了門鈴，開門出來的正是 Mary，相見之下，分外驚喜，進到屋內，Mary 劈頭就問：

「找到了 June 嗎？」

「沒有。」Howard 沉重地搖頭回答。

此時 Robert 從樓梯上走下來，很高興抱著 Howard 說：

「我們非常想念 June，也關心她的安全。」

「這近三年來，我已走遍認為她會去的地方，找尋全美各州，都無她的蹤跡，似乎她已從人間消失。」Howard 痛苦地說。

Mary 正欲加以安慰，突然想起三年前的一件往事，便說：

「June 出走後不到一個星期，我收到一個信件，沒有寄信人的姓名地址，但啟封一看，裡面是我以為失去的小筆記本，可能是 June 誤置她的箱內，把它寄還，而信封上郵局蓋的郵戳，是緬因州郵局，所以我猜當時她是去了緬因。但我找不到你，無法給你通知。」

Howard 聽此一說，似乎看到了一道希望的曙光，立即疑惑地想：

「難道她會去緬因州？」

「你們過去曾經一同去過那裡嗎？」

「沒有，我們從未去過緬因。」

大家都在猜想時，Howard 作了決定說：

「我現在就去緬因，試試能否探到有關線索。」

Mary 和 Robert 知道他們相愛極深，所以都表贊同。

第二天，Howard 懷著那個信封、June 的照片，以及過去 June 所有給他的書信，裝在背包內，從紐約出發，如同前三年中的奔波那樣，又是馬不停蹄，前去那美國東北角最偏遠的緬因州，繼續他的尋夢之旅。

他坐了與用和一樣的火車班車，到了波特蘭市，首先到波市的警察局，出示他康大研究生的身分證，又拿出用和的照片以及那信封，請求協助尋找。警局准許他尋人請求，指派一位警員陪同先行遍訪市內旅館，結果就在 Shangri-La 那家旅舍，根據服務人員說明，又對照 June 的相片，查閱旅館住客登記簿，證實在一九三四年九月間確有一位中國女士，與相片形貌相同，在他們旅館住過。於是警員便問：

「那位女士登記姓名為何？」

服務員遞過登記簿給警員及 Howard 閱覽，厚仁一看，那是用和親筆無誤。於是警員再問：

「那位女士住客在這兒住了幾天？」

「大約五天。」

「離去時，你可知道她往何處？」

「這我不知，但我幫她提了行李，乘坐計程出租車離開。去到哪裡，或可從租車司機群裡探問。」

警員聽了服務員的答問，認為可信度甚高，便對 Howard 說：

「我們已有一半成果，如果找到替 Miss June 服務的出租車司機，那就有全部真相了。」

他們謝了旅館服務員，離開了 Shangri-La。

警員心中已有八成把握，可以找到那位乘載 June 的出租車司機。立即約好 Howard 明晨八時在警局見。

第二天一早，厚仁就到警局，聽警員對司機的問話：

「你在一九三四年的九月下旬，是否搭載從 Shangri-La 旅館一位女客？」

「我記得確有此事。」司機答。

「請看這張相片，她是否就是那位乘客？」司機仔細看了二下，然後肯定地回答：

「沒有錯，乘客就是這位女士。」

「你把這位乘客送到哪裡去了，還記得嗎？」

「我記得把她送到港口碼頭，而且還幫她提了行李送到海關門口。」

「你可知道她坐哪家輪船嗎？」警員再問。

「我不很清楚，但我看到停靠碼頭的一艘巨輪是 Scandinavia，那位女士是否乘坐那條輪船？我真的不知。」

警員謝過司機的誠實答覆，並示意 Howard，查詢結果，大致已有眉目，最後一步則是再向輪船公司查閱三年前的乘客名單，便可得到全貌。

厚仁知道用和尚在人間，而且有了她的去向，心中大慰。只是當晚依然夢見用和，但她都站在雲端飄渺間，又是不少遐想，不過總是懷抱正面較多的希望。

第二天，Howard 隨著警員到達 Aronsson 輪船公司，查閱了 Scandinavia 輪船一九三四年九月的乘客名單，果然發現該月十八日旅客名單確有 June Sun 的名字。警員表示：

「Mr. Howard，你要尋找的人物，已經確定去了瑞典。以後的事由你自己決定，不過需要警方協助的話，請隨時跟我連絡。」

厚仁謝過警員，當下決定立即前去瑞典，尋找用和。他也期望船公司能夠安排三年前用和所乘坐的同一條船、同一艙房，船公司答允照辦。

三天後，厚仁踏上Scandinavia的甲板，進到第三層用和住過的艙房。這時在他潛意識裡，似乎已與用和同在一室，精神上給了他感性的滿足。因之在二十多天的航程中，不覺漫長，也沒有焦躁，反而滿心期待，不久之後，就可與愛人在北極之國相聚。此刻輪船靠岸，他懷抱著熱烈期望，到達了瑞典，立即踏上這可愛王國的土地。

他先去首都斯德哥爾摩，找到外交部主管移民部門的官員，探詢June Sun是否在三年前入境，但官員告知，私人資料，非經當事人同意不得洩露。Howard只好出示過去用和與他通信的書函，證明他是June Sun的未婚夫。但是移民主管不識中文，後來在部內找來一位懂得中文的職員，認定他是June的未婚夫後，移民官員方始說：

「我只能告知你，Miss June Sun三年前確曾來過本部，申請簽證延期，根據資料顯示，本部給她延長簽證一年，以後未再來過本部，辦理任何事務。」

「感謝你給我寶貴的資訊，但要再請問一句，Miss June Sun 以後未再申請延簽，是否說明她已離開瑞典？或是她仍在瑞典國內？」

「無可奉告，對不起。」

Howard 原想再問幾句，但那官員已經走開回他的辦公座位。

原本以為很快可以水落石出，厚仁抱著極大的希望，可能不久便與用和重聚。如今又是落空，自然再度陷入苦惱。但在怏怏離開瑞典外交部之後，決定再振勇氣，要效法愚公移山的毅力，繼續奔波尋找。他拿著用和的照片，走遍瑞典全國城市，所有公共場所，不論市集、學校、劇院、運動或音樂會場，以及社區集會地點，無一遺漏。他也在瑞典報紙刊登尋人啟事，三個月來全無結果。

厚仁又想到用和父親，曾在歐洲不少國家擔任大使，用和是否可能前往那些國家探索一些他父親留下的餘馨，因之留下蛛絲馬跡。於是他離開瑞典之後，鼓其餘勇，又往英、德、法、比等國家探尋。但因其時德國的希特勒正在發動侵略全歐的狂暴運動，各國人心惶惶，使得厚仁的努力，結果同樣是白廢。

說來也許是命運偏好作弄，雖然二人已經同在一個國家，但咫尺竟若天涯，只因厚仁踏遍瑞典全國各地，獨漏教會這個領域方向探詢。即使厚仁從來知道用和是個基督徒，卻在盲目四處尋找時，遺忘了這條道路，失去了重要線索，錯過了二人異地重逢的可能機會，以致故事情節轉折發展到令人不忍想像。

厚仁已經走了半個地球，跋山涉水幾萬里路，最後無路可走，終於想回中國，但因日本軍閥侵華已達瘋狂地步，北平早已淪陷，他當然不願回北平。而且知悉母親已隨鄉親逃難，去了大後方四川，於是他唯一可去的地點，只有嶗山。那時青島還在德國管轄統治之下，可以避免和日寇接觸，嶗山成了他「窮荒之旅」的終站，「仁和之戀」的淒涼卻永無止息。厚仁只寫了唯一的一封信，給北京協和醫院孫用濟，告知他將回國，但未提用和的失蹤。

趙厚仁始終深信孫用和只是遠離塵世，並未從人間消失，所以他效法愚公移山的堅定意志，像苦行僧一般，甘願跋山涉水，走遍幾乎半個地球，即使海角天涯，都不遺漏，但結果均未發現用和蹤跡。那次從美國緬因州乘輪到了瑞典，本是最佳機會可以相逢，實際上兩人也已近在咫尺，惜因約瑟基金會在替 June 申辦延期加簽，繼又辦理永久居留時，都向政府請求嚴守機密，以致後來厚仁向瑞典外交部查詢時，得到的答案都是「無可奉告」。在無奈但又堅信用和仍在瑞典的假設下，厚仁雖在斯德哥爾摩的報紙，登了三天的尋人啟事，結果仍是石沉大海。

厚仁想起，用和的父親曾經做過歐洲多個國家的大使，說不定用和會去那些國家，因之厚仁又到歐洲，希望能夠發現一些蛛絲馬跡，後果當然還是一無所得。那時中日全面戰爭已經爆發，他頗有回國報效之志，同時也寄望用和可能先已回國，於是他決定啟程返歸中國大陸，從巴黎到蘇聯乘坐東方快車，經西伯利亞到達中蘇邊界的滿洲里下車。但他沒有想到，那時的東三省，已經成了日寇控制下的偽滿洲國，他當然不想停留。於是立即從瀋陽換乘京奉鐵路火車，終於到達了北京。

北京是他從小長大、與用和由相識到相愛的地方，這裡的寸土寸地，一草一木，他都熟悉，只是今非昔比。華北各省俱已淪陷，名義上雖有自治委員會，實際上皆是傀儡組織，一切政務全由日敵控制，他理念中要想報效的祖國政府，已經撤退到西南大後方，因之他從北京先到河南，探望外公外婆。多年遠離，祖孫在國難方殷期間重逢，自是格外欣慰。但厚仁對用和失蹤，隻字未提，免讓老人憂心。所幸外祖都仍體健，於是陪伴住了幾天之後，再返北京，想與孫用濟商議行止。

孫用和最幼的小哥用濟，自上海同濟醫科大學畢業後，申請北京協和醫院做住院醫師，三年後已升為主治醫師，厚仁與他兩人將近十年未見，如今重逢，自然格外欣喜，但用濟問到用和何以未能同來，厚仁不禁淚如雨下，讓用濟大吃一驚，以為用和已經喪生，急忙問道：

「用和怎麼啦？你們兩人不是一直都在美國嗎？」

「不錯，我們始終都在美國，直到學業完成。但事出突然，發生了巨大變化，連我與用和失聯也快十年，而事件的造成還是日敵倭寇的暴行所為，令人憤慨，容我詳細說明。」

用濟立即對厚仁善加撫慰，必先鎮定，始能面對未來。於是厚仁把用和遭日寇凌辱及出走失蹤始末，一一道來。又把他自己尋找旅程慢慢細述，其間歷盡艱險，不一而足。有些時候，他的耳際會響起「回頭吧」、「你找不到她的」的玄音，但他並不氣餒，依然常常夢到她的身影，所以他要繼續尋尋覓覓，不達目的，決不休止。

用濟聽完厚仁的敘述，感動不已，隨即說：

「我欣賞你對用和愛情的專注和忠誠，深為我的妹妹慶幸，同時更對你堅決的意志，走遍天下，無休止地追尋用和，這種不達目的決不休止的毅力和精神，萬分欽佩。可是我從醫生的觀點，不得不提醒你，你已過度疲勞，超支體力，必須徹底完全的休息，否則你自己先會病倒，那就萬事落空，一切免談。」

「有這麼嚴重嗎？」厚仁驚訝地問。

「是的，保持健康，是人的生活中第一大事。現在我還未給你做身體檢查，但我觀察你的面容、體態和氣神，知道你已大幅透支你的老本，所以我要勸你接受我的意見，先安定下來，充分休息，到完全恢復正常再作其他打算。」用濟認真又嚴肅地答覆。

厚仁思考了一會，然後正經地說：

「謝謝你的指點，我決定先回嶗山小築，在那兒住一段時間，稍作休養，然後再另計畫。」

用濟完全同意，臨別時互道珍重再見。

第十七章　仇人相見、分外眼紅

其時中日戰爭已因太平洋戰事興起，中美成為作戰同盟，中國戰場的壓力已稍舒緩。但山東省早被日軍占領，尤其青島市因德、日兩國在二次大戰爭中同為軸心聯盟，因之青島便在日軍完全統治之下。趙厚仁回到嶗山，看到小築因忠僕王福的悉心照顧完好無恙，心中滿意，不過王福卻首先對厚仁說：

「現在不比當年，一切都要小心，最要緊的是不能招惹東洋鬼子，請少爺務必留意。」

厚仁對日本鬼子兵的事，似乎並不放在心上，倒是對王福特別囑咐了三件事。他對王福說：

「王叔，請你幫我做三件事：第一，把這屋子的門鎖全部拆除；第二這屋的前後門戶一直打開，不要關閉；第三不要讓任何不相干的人進入我們院落。以上三事拜託你做好，我就十分感謝。」

王福聽了，少主性格似與往日不太相同，但仍恭敬地回答：

「是，我一定按您的意思照辦。但有一事須先報告，附近常有日本鬼子軍的哨兵巡邏，目前為止，還沒有進入我們這個院落區內，萬一入侵，恐怕難以抵擋。」

「噢，我知道了。」厚仁簡單回答。

「不過拆鎖，打開門戶是什麼意思，少爺可否明示？」

「慢慢你會瞭解。」厚仁又用最簡單語句回答。

趙厚仁來到嶗山，只因千山萬水奔波尋找用和未果，想在小築休養一段時期後，再度出發尋找夜夜思夢的用和，但是希望渺茫，心情依然鬱悶。正好屋內牆角留著他昔日彈過、現已破舊的吉他琴，他拿來隨意揮指試彈幾下，突然有陣靈感想要唱個曲子，表達他的相思。在斷斷續續、修修改改之下，竟然譜出了一首令人淒涼以至不忍卒聽的悲歌，其歌詞的文字是：

大地，大地，究竟地有多大？
我已走遍海角天涯，
窮盡地老天荒之力，
還未找到何處是她。
大地，大地，你的極端到底在哪？
縱使那是無比深淵，
我必勇往直前，絲毫不會害怕，
只要我能尋找到她。
琴音相思也好，夢裡相會也罷；
不管人生有限，時空無盡；
唯願靈犀一點，
讓我全部歸屬於她。
我一生愛的就只有她，只有她。

這樣淒切又沙啞的悲歌，連年每日不斷的唱著唱著，屋後山徑過路行人，大多聽慣，莫不搖頭嘆息。但近日卻引起了日本軍的注意。於是某日午前，有個日本軍人，帶了一個勤務兵，來到嶗山小築，王福急忙過來，上前詢問貴幹？屋內趙厚仁正好從屋子門口出來，一看那個日本軍人，正是他恨之切骨的死仇，立即用英語大聲呼喝：

「混蛋的 Paul，你來得正好，那就過來，我們較量一下，看看誰死誰活？」

厚仁的大聲一喝，倒讓那日本倭寇愣了一會，然後也用英語反問：

「你是誰？我不認識你。」

厚仁冷笑一下，回想當年在紐約法庭，這傢伙無恥撒謊，說是受了被害人的誘惑，以致犯罪的鬼話，厚仁當場大怒，從證人席上起立大加斥責，而被法官制止，但對這個魔鬼的形象，即使成灰也不會認錯，因之他又厲聲說道：

「你不認識我，但我永遠記得，你這惡魔山口大武，是我不共戴天的仇人，我的未婚妻因你的暴行而自殺，而失蹤，我能忘記你嗎？」

山口在紐約服刑期滿出獄，被裁定驅逐出境，遣返日本。其時中日戰爭已經開打，山口被徵入伍，派在華北戰場，因他能講英語，升為中士軍曹，又調至青島日軍後勤部隊服役，對於十年前在紐約的醜案，早已不放心上。如今仇人相見，方始憶及紐約法庭一幕，因之一時有些慌張，順口答道：

「我是山口大武，沒錯，你要怎樣？但你不要忘了，現在的你是我們皇軍治下的支那順民。」

厚仁一聽「皇軍」二字，更是怒火中燒，於是再次厲聲喝道：

「別提什麼狗屁皇軍，你們囂狂的日子已經不多了。今天是我們私人間的仇恨，我們自己解決。你總算也在美國念過幾年書，總該知道，文明國家的人民對仇敵間採用決鬥方式處理爭端吧？如今我們既然狹路相逢，正好可以一決雌雄。來罷，為了公平起見，我們各不使用武器，徒手拳擊，看看誰生誰死，由勝負決定。」

山口被厚仁一連串的脅迫，全無反駁餘地，礙於皇軍顏面，又看對手不像是個強者，便應聲答道：

「好，來吧，看我怎麼收拾你這支那仔子。」

兩人脫去上衣，因時值夏季，無虞寒冷。山口露出一身肌肉，看來相當健壯。厚仁雖無唬人堅肌，但他在康大時，曾當過拳擊校隊代表，受過專業訓練，懂得一些戰術。

兩人各蹬馬步，擺定作戰架勢，雙方各先吆喝一聲，立即開打。但見兩人一來一往，四拳飛舞。此時山口的勤務兵，一看他的長官與一位華人發生爭執而毆打，但他不懂英語，不知所爭何事，因之急忙回去報告。而老管家王福看到小主人與日軍在盛怒之下互毆，知非可以勸阻，只能從旁伺機應變。

仇人相見，分外眼紅，一旦交手，生死有關，自然各拚全力，分個你死我活。幾個回合下來，互有擊中對方身體，但非要害，所以繼續你來我往，未分勝負。正當緊要關頭，厚仁突然想起在校教練曾授一訣高招，於對方稍露弱點時，乘隙出手，用右拳對敵虛晃一招，同時用全力迅速使出一記左鈎拳。厚仁如法炮製，果然對準山口胸部，狠猛一拳，山口急忙防禦，但為時已晚，經不起這萬鈞之力的打擊，身軀站立不穩，踉蹌向後跌倒，而其頭頸後腦正好撞上一塊有尖刺凸起的岩石，立時頭破血流，腦漿迸裂。厚仁上前一看，惡魔已經瀕臨死亡邊緣，只因餘怒未息，用腳再在其頭部重踹一下，加速其死亡。不過此刻厚仁顯已耗力過多，筋疲力竭，猝然昏厥倒地。王福見狀，立即上前想把少主扶起進入屋內，其時卻有二輛日本憲兵軍車來到，上有四個憲兵均持槍械，不問情由，先把趙厚仁押上軍車，另把已經死亡的山口用布包紮送另一軍車，王福正欲攔阻小主被抓，卻被憲兵一腳踢開，二輛軍車疾駛而去。

趙厚仁在日軍憲兵司令部受到嚴刑拷打，逼其供出何方唆使，但他抵死不語，以致被打得遍體鱗傷，幾至五臟俱裂，陷於奄奄一息，但終不屈服。所幸旬日之後，日本天皇下詔，所有戰場日軍全部無條件投降，在華日軍部隊自然要向中國繳械，呈遞降書，於是趙厚仁得免死於日軍牢內。

忠誠的老管家王福，立即前往日本憲兵隊具領小主人趙厚仁的身體，迅速轉往青島市醫院就診療傷，並把事件的經過始末，寫了一個報告寄給趙家唯一好友，在北京協和醫院當主治醫師的孫用濟，希望能來協助作妥善處理。可是他並不知道，用濟遠赴歐洲探望病重的用和。

第十八章　天人交戰、病入膏肓

孫用和從一九三五年成為修女後，一直在修道院仰望上帝，求主賜恩，讓她因信得義，復活重生。她勤讀《聖經》，誠心靈修，所有院內規定的功課，無不全力完成，連課外的生活活動，包括庭園種植花草蔬菜和手工藝品的製作等，也都成果精美。加上她性格溫和，心地善良，深得兩位姆姆的愛護，也得其他修女的喜歡。在此期間，她心如止水，毫無旁念，把塵世間的俗務和喧譁全都拋開，連日寇侵華戰爭和第二次世界大戰的爆發，她都一概無知，唯有幾本經書和一盞青燈，是她的良伴。

三年時間很快過去，她已晉為正格修女，首都斯德哥爾摩的大主教，特來修院為她主持「誓發終身聖願」彌撒及授聖衣典禮。自此以後，她就成為終身與世隔絕的伯多祿隱修女，遺世獨立。

青山幽居，當然是隱士靜修最佳的處所。用和於勤讀《聖經》之外，更潛心探討經文中的精義，追求其中奧祕。首先她想從經文中領悟人的生命意義和價值，會有怎樣的啟示？她在神的面前，已經得到主的鍾愛，那麼她愛主的真誠，理當絲毫不得懈怠，方能達到永遠做主僕人的至善至美境界。因之她得到重要的認知，乃是唯有一心用愛奉主，方能獲得永遠有神愛護的生命。也就是生命中要充滿愛心，生命才有意義。所以《聖經》上說，愛比信、望更為重要。也就是「愛」超乎一切，因為上帝創造萬物，上帝創造人類，天主是人的父神，神愛世人，人就理應敬愛天父，這在基督主內的屬靈境界，自是金科玉律，當她初作修女時，早就服膺這樣的理念。

但在多年靈修後，她又覺得《聖經》中對愛還有很多誡示，像愛是恆久忍耐，愛是不輕易發怒，愛是不張狂，愛要凡事相信和盼望，愛就永不止息等。可見人倫之間的愛不像在屬靈之間的愛那麼單純，只有信仰。而人倫之間的愛，參有感情因素，就變得非常複雜，讓她對愛的真理有了疑問。

許多年來，她對自己輕生、獲救、重生後又與趙厚仁不告而別，並未覺得犯了過錯。因她認為重生以後的新生命，完全是屬靈的，已把昔時的俗世生命全部拋棄，連與厚仁自幼就相愛的戀情，也不予保留。現在回想，開始感到她的作為是否有點張狂？是否欠缺忍耐？甚至是否把信望愛的真理丟在腦後，以致止息了她與厚仁間的真誠熱愛？因之開始有了自怨自艾的天人交戰。

實際上，用和儘管十分勤勉專注於靈修功課，但潛在她的內心深處的一個疑問，她為隔離塵世而棄絕從小和她相愛的情侶是愛的背叛嗎？絕情對待一個無辜的愛人是不道德嗎？最重要的是她這樣的思維有違對神的誓願嗎？因之她心中的矛盾，使她逐漸愈陷愈深於痛苦掙扎之中。她很想擺脫一直鬱鬱於心的折磨，但正如她所讀胡適之詩中「幾次細思量，寧願相思苦」那樣，甘願以罪己接受自贖。以致多年下來，心病日重，無法自拔，而且顯然變得虛軟羸弱，有時下腹疼痛，不能起床，影響了靈修功課。

兩位姆姆發覺伯多祿修女形容憔悴，身心似有痛苦，於是問她是否有病，但她答稱：

「有神恩典，主與我同在，沒有事的，謝謝姆姆。」

然而隔了幾天，另一位住在June隔壁房間的修女，向德蘭姆姆報告說：

「近來我在半夜，常常聽到鄰房June有痛苦呻吟的聲音，請姆姆多加注意觀察。」

德蘭姆姆平時十分愛護June，都在靈修功課方面，倒是忽略她的身體健康。最近覺得她確實像是有病在身，恐她只是隱瞞而已。於是把米雪姆姆和June找來，對著June問道：

「親愛的June，很抱歉，直到今日，我才確認你是真的病了。現在我認為你已不能再事拖延耽誤，及早治病要緊，所以我請米雪姆姆盡快安排，陪你到首都皇家醫院請醫生診察治療。」

實際上June早就知道自己有病，只是一直不敢出聲，此刻德蘭姆姆既有吩咐，便就含淚點頭，表示感謝接受。

位在斯德哥爾摩市中心的皇家醫院，是瑞典國最高級的教學醫院，擁有一流醫院人才和設備，也有一流的醫療水準。得知將有修道院的一位東方修女要來求診，醫院當局特地選派一位女性主任級的婦科醫師，名為拉麗莎Larissa大夫，專門負責為June診治。看來修道院及醫院兩方都很重視June的就診大事，特別是時間恰在那年聖誕節前不過幾天的日子。

某日早晨，米雪姆姆陪著June坐上一輛出租汽車，所幸的是，從修道院到瑪雪平鎮已在上年修築一條柏油道路，可供汽車平坦行駛，所以不致讓June有顛簸之苦。到達醫院時，院方執事人員已在門口等候，直接引導她們進入拉麗莎大夫的診病室，相互稍事寒暄後，拉麗莎大夫開始對June仔細診察。先讓June躺臥白色簾幕後面的病榻，詳盡做了各項一般性的初步檢查。回坐辦公桌時，皺著眉頭對米雪姆姆和 June 說：

「我要對你們直說，June 的病情並不簡單，而且相當複雜和嚴重，所以我認為病人必須留院，做進一步的全身檢查，再定治病辦法。如果你們同意，我現在就可安排病房，不知你們意見如何？」

米雪姆姆和 June 聞言後相互對視，卻又相對無言。不過她們的意識思維完全一致，生命原是天父賜予，一切都已交託主的手中，在如此默契下，二人同時點頭，表示接受主的安排。

拉麗莎大夫理會 June 的意願，立即交代護士小姐，把 459 婦科病房保留給伯多祿修女住用。沒隔太久，護士回報，459 病房整理就緒。大夫又即吩咐，準備輪椅供病人使用，繼又對著 June 說：

「可敬的伯多祿修女，根據我剛才的臨床檢視，你的疾病似乎已經發生相當長的一段時間，為何沒有早點來醫院看診？」

「大概是沒有主的示意，加上靈修功課很忙，我就未敢輕舉妄動。」

大夫聽了深為感動，既尊敬又惋惜，微微搖頭說：

「但願主恩豐富，平安無事。」

護士推著空的輪椅進來，大夫又對June說：

「由這裡到病房，要乘坐電梯，還要經過一條長廊，恐怕你體力不支，所以請護士推著輪椅過去，比較安全。米雪姆姆可以陪同前去，瞭解一下環境，一會兒我也要過去巡視病房。」

姆姆和June同聲謝謝，然後June依大夫指示，坐進輪椅一路去往病房。事有巧合，輪椅正在長廊行進時，突然一聲呼喚來自迎面走來的一位婦女：

「你是June嗎？很久不見，你好嗎？」

June聞聲一看，來者正是Alice，心中暗吃一驚，也在當時立即做了決定，不能回應，並請護士加快推車行進，避開和Alice晤面。這時Alice覺得奇怪，難道自己眼花，看錯了人？不過如果是June，她怎會穿上修女聖衣？只能自認目眩。但這樣的巧遇卻給June帶來極深的感觸，她明知Alice是萍水相逢的好友，久違巧遇，卻拒之千里，極乏人情，只是礙於教規限制修女不能與外界隨意接觸，因之她深自責己，雙眼流淚，飲泣不已。米雪姆姆一旁看得清楚，知道June的為人，甚重情義，但因同屬修院信女，不便多言勸慰，凝重了當時冷寂的氣氛。

不久，她們到達459號病房門口，護士推開房門，那是一間單床病房，June因已有疲倦感覺，護士隨即幫她更衣，換上病人服裝，躺上病床，原來穿著的修女聖袍，交給米雪姆姆帶回。隨後拉麗莎大夫來到，叮囑病人今日完全休息，不做任何治療，明日開始先做全身深度檢查，再定下一步處理。米雪姆姆當即告辭，回去向德蘭姆姆報告所有經過狀況，聽候醫院消息。

June一人留在病房，原想入睡休息，但左思右想，百感交集，難於安眠。轉念十年前，同樣一人住在紐約醫院，其時萬念俱灰，在憤恨與羞愧交織下，原擬結束生命，一了百了，但被Robert夫婦送醫搶回了生命。這個新生命，感恩由父神牧養，爾今生病又住醫院，聯想剛才護士替她卸下修女聖衣，換上一般病人服裝，雖是醫院例規，但她卻聯想，難道隱喻使她回歸俗世平民？憑心而論，她確實無此意願，而且嚮往的就是天國的安樂。但離鄉背井十多年，連她自己也不否認有時會有一些鄉愁，尤其是對厚仁的虧欠，於心一直不安，陷於相思之苦。倦極之下，終於漸入夢鄉，而夢幻中出現的依然是他的身影。

拉麗莎大夫給June做了二天徹底的全身檢查，大夫對著體檢報告，仔細地一看再看，頻頻搖頭，並連續自言自語地說：「太晚了」、「太晚了」，臉上透露出萬分惋惜的樣子。

正思索間，護士敲門帶著德蘭姆姆進入室內，大夫急忙起立迎接，並表歉意說：

「我們正要邀請姆姆過來，商討June的病情，不意勞駕姆姆先來醫院，很對不起。」

「拉麗莎大夫，請原諒我的冒昧來訪，實因我們十分關心June的病況，可否告知她檢查的結果。」

「報告姆姆，這是一個非常不幸的結果，June罹患的病是子宮頸癌，已經到了末期，而且癌細胞也已擴散到腎臟，以目前情況來講，可說已是無藥可治。依我的判斷，她的生命無多，恐怕只剩六個多月，最長不會超過一年，所以你們恐得為她預作準備。」

德蘭姆姆猝然聽到如此驚人訊息，幾乎昏厥，勉強撐起精神問道：

「我們真的不知June竟病得如此嚴重，令人焦慮。但這種狀況，應否告知病人？拉麗莎大夫，你覺得如何？」

「通常遇到如此危急狀況，我們醫院會先通知病人家屬，再由他們家屬決定是否告知病人。現在病人並無家屬，我們只能直接告知病人，否則我們醫院可以被控隱匿病情。」拉麗莎大夫直白回答了姆姆。

「這樣說來，我們現在就去跟June說明罷。」

大夫和姆姆去到459病房，June在閉目養神，聽到有人進房，睜眼看到是德蘭姆姆和拉麗莎大夫，竟能露出微笑說：

「兩位早安，好高興看到你們同來，大夫應該把我的檢查結果告知姆姆了吧。」

大夫和姆姆兩人對視一下，還是由大夫開口說道：

「親愛的June，你的檢查結果，實在不是很好。我不能隱瞞病情，只能實說，請你不要見怪。你得的病是子宮頸癌，這是婦科病裡最難治療的疾病之一，不幸你罹患的正是此病，而且就診太晚，癌症已到末期，癌細胞也已經擴散到其他部位，所以連切除手術都已無效。我心中實在不忍和不捨，跟你說明這樣的病情，但我不能拿謊言哄你，請你原諒。」

大夫和姆姆再度無耐地對視，又再一同以關愛的眼光注視June的反應，看她會有怎樣狀態，那知意外地看到June竟十分平靜，而且緩緩地說：

「感謝天父的恩典，讓我走上更接近天國之路，我將永遠依靠主的身邊，享受天國的喜樂。」

姆姆和大夫又悲又喜，也同樣認為June實是一位可敬的修女，還是拉麗莎大夫先說：

「親愛的June，請原諒我們在現有醫藥基礎上無法救治你的病症，我們也萬分欽佩你接受現實的勇敢。但我保證，在你生命歷程中，我們會使用一切方法來減輕或消除你身上的病痛。」

姆姆接著也說：

「親愛的 June，我們教會和修院，將以你悅樂於主的典範為榮。我想問你一個也許多餘的問題，你願意回答嗎？」

June 微微點頭，默示同意，於是姆姆問道：

「你想家嗎？你想和家人見面嗎？」

June 立刻精神為之一振，居然展露笑顏說：

「我願意，也希望。」

姆姆和大夫見此情狀，同樣深為感動，姆姆再問：

「那麼你想通知誰？能給我他的名字和地址嗎？」

June 再次點頭，並向大夫要來筆和白紙，軟弱卻高興地寫下這幾個字——

Dr. Sun Yung-Tsi, PeKing Union Medical College Hospital Peiping, China.

（中國北京協和醫院孫用濟大夫）

第十九章 葉落歸根、蒙恩還俗

一九四五年四月三十日星期一下午，北京協和醫院的外科主任孫用濟大夫剛為病人做完一項手術，回到他的辦公室，一眼看到他的辦公桌上，放著一份由電信局送來的電報，他立即拿起拆封，首先明快進入他的目光是很簡單的兩行電報主文：

「Ms. June 病危，盼見家人。」

再看發電報人是瑞典斯德哥爾摩皇家醫院 Larissa 大夫，真是令他亦喜亦憂。喜的當然是他得知久已失聯的幼妹尚在人間，只是遠在北歐；憂的是 June 的病危，顯然病情嚴重，醫院才會發此電報。他不多考慮，決定向協和請假，盡快趕往探視，於是回家收拾行裝，準備明後天啟程出發。

誰知半夜收聽無線電廣播，報導德國元首希特勒自殺身亡，德軍全部向協約盟國無條件投降，也就是二次世界大戰歐洲戰場已無戰事。用濟去過歐洲，心想是否可以取道中亞、東歐直接到達西歐，較為快捷。但又轉念，大戰剛停，民用航空未必很快回復正常，因之仍按原先所想計畫，採取趙厚仁前幾年走過的路線，坐西伯利亞鐵道火車，經俄羅斯聖彼得堡，再搭海輪抵達瑞典，雖然旅程多費幾天，但比較可靠。於是趕辦出國手續，第三天就從北平出發。一路上懸念用和病情，心急如焚，總覺火車行駛不夠快速，直到第九天終於抵達聖彼得堡，立即換乘渡海輪船。那時已不怕德國潛艦襲擊，所以第二天就平安到了瑞典首都斯德哥爾摩港口，全程費了十二天，但在孫用濟的迫切心裡，好似過了一整年。

用濟迫不及待提了一隻小皮箱走出了海關，立即雇了一輛出租汽車，直駛皇家醫院。先到詢問處，說明要見拉麗莎大夫，服務員馬上以電話連絡拉麗莎大夫，知道有位中國訪客，猜想應是June的家人，所以交代即刻陪同來客到辦公室。用濟把小箱寄放在服務台，隨著服務人員，走過醫院大廳、候診室及長廊，感覺其設施，大致與協和醫院相仿。走上二樓，服務員輕敲拉麗莎大夫辦公室房門，隨即推門入內，大夫起立與用濟握手，而且知道他也是醫師，表示歡迎。

但是用濟進門時，就已發現室內另有一位客人，身穿天主教修女聖衣聖袍，恐有干擾，正想暫時退出，而大夫卻說：

「這位來賓，想必是June的家人，正好可與德蘭姆姆商量June的事情，請問你的大名？」

用濟有點錯愕，June的生病怎與姆姆有關？於是帶著疑問的口氣答道：

「我的名字是孫用濟，就是你們醫院發電報給我的人，也就是June的親哥，但我們已有十多年未曾見面，不知道我妹妹的病，怎與這位姆姆有何關係？」

拉麗莎大夫隨即介紹德蘭姆姆與孫用濟相識，並說：

「敬愛的德蘭姆姆，今天正巧你們兩位同時在我這兒會面，現在能否請姆姆向這位孫先生作個說明。」

德蘭是個道行靈修極高的姆姆，主持修道院十多年，也曾處理過紅塵與白塵間的瑣事，現在又面臨同樣類似且又病重的問題。再因她一向非常喜歡June，對June的病情更是格外關注，於是她用極為莊重的語氣說：

「孫先生，很高興見到你。那是十年多前的事。由於天父的慈愛，主耶穌基督的恩典，讓June突然來到我們的修道院，她以虔誠的信仰，誓願要為上帝作終身的奉獻。在她當了三年的實習修女後，因她靜修《聖經》，勤耕神學，蒙大主教恩准晉為正式修女，在隆重的典禮上賜她聖名為伯多祿修女。自那以後，喜悅一直顯在她臉上，不過二、三年前，發現她日漸瘦弱，恐她身體不適，建議她赴醫就診，而她屢次婉謝，說她一切正常。直到三個多月前，鄰房修女常在半夜聽到June的痛苦呻吟，我們問她是否有病，她仍說無礙，但我們堅決送她來這醫院看診。以後的病情，就得麻煩拉麗莎大夫加以說明。」

孫用濟遠從萬里外的北平來到瑞典探望幼妹重病，萬萬沒有想到他親妹已出家遁世，成為修女。他從厚仁那裡只知June出走失蹤，不料她竟棄絕塵俗，走進空門，不禁一陣心酸，熱淚盈眶。但為免失態，只能強作鎮定，轉向大夫問道：

「Larissa大夫，你們給我的電報說是我妹病危，真是那麼嚴重嗎？你我既是同行，請不必作任何保留，讓我們一同研究，有無一絲希望。還有她的病歷和檢查報告等資料，可否讓我一閱？」

「孫大夫，你能遠道親自來到瑞典探視妹子，我們非常敬佩。我們給你的電報，是June表示願見家人，而且給了你的大名和地址，才會發出。至於所用『病危』二字，我認為並不誇大，請你看了她的病歷和檢查報告，我想你也會同意。這裡是June的全部症狀資料，請先閱讀，然後我們同去病房。」

用濟說聲謝謝，接過一疊資料包括X光照片、檢查報告和病歷等，一一仔細看過，特別是檢查報告，其中指明患者是子宮頸癌末期，並且判斷癌細胞已經擴散，以致他愈讀到後面，眉頭擠得愈緊，認為June的病情確已到了最後關頭，因之抬頭對著Larissa大夫問道：

「請問貴院現在對她的病症用的是什麼治療方法？有沒有把實情告知病人？」

「你問得好，想必你也清楚。目前她的病況已到無藥可治的地步，我們能做的只是盡可能設法使她的病疼降到最小程度。至於她的病情，已把實話告知了她，而她不但沒有驚恐，反說她要接近天國之路，十分喜悅。我和德蘭姆姆對她敬佩不已。」

此時德蘭姆姆接著說：

「現在我們是否應該前去病房，讓孫大夫和他妹妹早點見面。」

三人同意，於是一同走向病房。此時用濟的腳步感覺非常沉重，心想他與幼妹從小十分友愛，相隔十餘年，在這異鄉客地和她見面，竟是在她病危之時，心中實很傷痛，所以步履遲緩，只是跟著二位後面行走，終於到了June的病房門口，一看病房是459號，不知從何而來有些不吉之兆。大夫回頭說：

「請二位隨我一同進去。」

進得房門，用濟原是站在最後，但他一見躺在病床上的小妹，臉色蒼白，眼眶深凹，於是一陣心酸，顧不得禮數，繞過前面二位，衝到床前，伸手輕摸她的前額，低聲說：

「全妹，小哥來看你啦。」

用和微睜雙眼，一看竟是小哥，立即勉力伸出雙臂挽住用濟頸脖，兩人相抱，四淚交流，把兩旁看著的大夫和姆姆，也不斷用手帕擦眼。稍停一下，終於由大夫打破兄妹情長凝重的一刻，開口說道：

「親愛的June，你昨夜睡得可好？身子疼痛不厲害吧？你哥是你想見的家人，終於來啦，你們可以好好談談，但在感到疲勞時必須休息。」

德蘭姆姆接著也說：

「感謝天主恩典，主耶穌基督的庇佑，願伯多祿修女平安康復。」姆姆和大夫暫且退出，可讓兄妹兩人談話家常，大夫臨行時又再特別叮囑，病人不能過累。

時值初夏的北歐，正是萬物向榮的季節。日光時間已漸延長到十五小時，樅樹、樺樹都在爭先開花，氣溫恰在最舒適的十二、三度，因之人們也都有愉悅的心情。唯獨身患不治之症的June，心情仍然寒冷如嚴冬，不僅依然寡少言語，生命的倉促，使她更加沉默。今天竟然見到親哥用濟來臨，精神上確實為之一振。因之她先主動說話：

「小哥，你能遠道過來看我，真的非常高興。可是我想你是一個忙人，怎能長時離開醫院，也使我有些不安。」

用濟聽他小妹清晰的發聲，也極感動，於是回話：

「小妹，你大可放心，這次我向醫院取得三個月的公休假期。而且歐洲戰場已經停火，正在逐漸回復和平，所以我有足夠的時間和你見面、談話，以至陪你散步。你住院後有沒有起床走步？」

「倒是真的沒有，怕會跌倒。」

「以後我可扶著你走，不用害怕。不過我想先問你一個問題，你是怎樣會當一個修女？多年前，厚仁走遍天涯海角歷時七年，尋你不獲之後，回到北平時，我們見面，聽他講述失去你的痛苦，他肯定你尚在人間，但從沒想過你會出家遁入空門。所以他決定休息過後，再度出發，即使碧落黃泉，不到見著你面，決不終止。而我也是同樣不曾想到你會終身遠離俗世。」

用和聽完小哥的話，淒然淚下，如怨如訴地泣著對小哥說：

「我無端被倭鬼凌辱，痛不欲生，獲救後重生，已非昔日的孫用和。我有何顏面以一身汙穢再和趙厚仁見面？因之我只能避開萬惡的俗世，到一處人煙稀少的地方。隱身修道院是我唯一的選擇。十年來我專心向神，勤讀《聖經》，至誠禱告，讓我得到寧靜又安謐的生活，賦予我新生命一些新的意義，我全無後悔。」

用濟聽了小妹的泣訴，深怕她過於激動，有礙病體，所以趕快接著說：

「小妹，我們都知道你受了委屈，這件事我正要和你長談。不過現在我要先去訂妥旅館，下午我再過來，陪你走步，也和你談談往年舊事，此刻你先休息好嗎？」

「小哥，我給你推薦一家名叫 Plevna 的旅館，那裡環境清靜，服務非常周到，我曾住過一晚，出租汽車司機都會知道那旅館的地址，但請你勿要跟旅館提及我的名字。好罷，我就休息，下午再見。」June 順從地回答。

用濟出了醫院，雇了一輛出租車，指名要去 Plevna 旅館。不一會兒果然到達一家看來相當清潔的旅館，登記入住後進房洗澡、午餐，小睡片刻，實則一直在想，如何安排用和剩餘不多的生命末日。時鐘已指三點立即再去醫院。進了病房，見護士正在給 June 服藥，於是跟 June 招呼一下，就在一旁椅子小坐，等護士離開後即問：

「剛才你有沒有休息？」

用和點頭說有。

房間朝向西邊，太陽透過玻璃窗戶直射房內，滿室光線明亮，也帶進些許溫暖。用濟問小妹：

「你住院以來未曾走步，現在有我扶你起來走幾回步，對病體有益，好嗎？」

用和點頭，小哥幫她從床上坐起，然後雙腳立地，站穩後用手牽著她的胳臂，試著在房內來回走了三圈，用和感覺良好，但也微有疲憊。於是二人在窗前兩把靠椅上坐下，開始聊天。首先由用濟開口，回憶童年玩伴一些有趣的事。又從北平遷上海後的許多改變，再說他們家庭複雜、兄弟姊妹眾多，但分散國內外各地，極少見面。戰爭發生後更連音訊都無，二人都不勝唏噓。繼之用濟回到正題說：

「小妹，剛才我們談了很多我們孫家的事，一定勾起我們不少鄉愁和思家之念。所以我想你該離開修道院，讓我接你回家，在家養病，要比醫院舒服很多，你覺得好嗎？」

用和立即有了堅定的回應說：

「那怎麼可能？我已誓願終身奉獻上帝，入了修道院，怎能背誓還俗？不能！不能！」

小哥看她如此忠誠敬神，不免也有幾分敬意，於是他再以委婉的語調說：

「小妹，你別急，且聽我說，小哥不會要你去做離經叛道的事。思鄉想家是人道中的美德，是遊子不忘本的美德。這次我來探你的病，沒有想到你如此病重，所以想接你回到自己的國家。否則好話、壞話我都直說，萬一你離開人世，去了天國，也只是異鄉孤魂。因之落葉歸根，才是人生正道。何況你母親、還有那個痴情的趙厚仁無時無刻不在等你相見，我想還是以回國為上策。」

「謝謝小哥的善意規勸，但要我脫教還俗，不是我孫用和能做的事，請予原諒。」

「你提到還俗，依我所知，天主教規並無限制。十六世紀羅馬神聖教會的司鐸馬丁路德，他推動教會改革，促成基督新教的興起。他就是最知名的教徒還俗。而且他不僅還俗，還和卡塔玲娜修女結婚生兒育女。現在已是二十世紀，時代大不相同，古老的教條，可作必要的變通。但我並非逼你還俗，而只是勸你回家，不知你意下如何。」

兄妹兩人顯然觀點不同，用濟覺得此時辯論這種難題，恐傷小妹病體，於是不待她回答，立即再作補充說：

「此事不需現在就作決定，等過幾天再作考慮，我是專程來探病、來陪伴你的，一切都按你的意思去辦就是啦。」

瑞典的日照時間很長，二人長談已久，天猶未黑。用濟看了手錶，時針快到八點，但護士尚未送來病人晚餐，用和說明醫院晚餐照例八點以後，所以他就站起，扶著用和躺回病床，讓她休息。然後說聲「明天見」，離開醫院回去旅館。

用和於小哥離開之後，思想上開始有了小小變化。以前十年，她未曾有過想家的念頭，厚仁卻常在夢中出現。今日小哥一席話，對她多少發生一些影響，因之護士送來晚餐，她草草用過，就想休息，幸好過了不久，她就入睡。

用濟離開醫院，沒有立即回去旅館，想去瀏覽一下斯德哥爾摩的夜景，就請司機把他送到一處商業中心，由於當地日照時間較夜晚為長，習慣上人民珍惜夜晚，所以夜市相當熱鬧。用濟溜踏一會，找了一家餐館，隨意點了二色快餐充飢，再乘地鐵捷運車，坐了一個來回，最後走出車站，步返旅館，算是作了一趟斯德哥爾摩的觀光夜遊。然後沖澡，入睡休息。

次晨天光亮得很早，用濟隨著日出起床，到餐廳用了早餐，隨後步行去醫院，可以沿途觀賞早晨的街景，因為他已熟悉路徑，不怕迷失。半小時後到達醫院，進入病房，看到用和正坐病床上在用早餐，見她精神尚可，於是說聲早安，在一旁坐下。

等待她用罷早餐，用濟扶著小妹坐在窗邊，因房間朝西，上午沒有陽光進入室內，用濟就說：

「剛才我從四樓長廊過來，看到廊外有個中庭屋頂花園，裡邊花木扶疏，倒是休憩的好去處，且有朝陽的溫煦，我想以後你不僅在室內走步，我可陪你到那中庭散步，接受自然的陽光和清新的空氣，對身體比較有益。」

用和感動幾乎落淚，小哥照顧她那麼細心，所以她立即同意。他們向護士要了一輛輪椅。小哥推著小妹，到達一扇長玻璃門，外面便是屋頂中庭花園。果然陽光豔麗，用和覺得周身舒適，心情隨之清爽。他們找了兩張鐵鑄小椅，對坐下來，更覺得有似回到上海家中的後院。用濟看她精神愉悅，刻意不提她回國的事。反而和她大談德國投降，歐洲已無戰事，而且亞洲太平洋戰場，日本已經走到窮途末路，世界和平在望。不料用和一聽「日本」二字，立刻心生厭惡，於是沒有接話，提議二人在中庭陽光下緩緩散步，享受初夏的暖陽。用濟立刻贊同說：

「日光是人體健康的主要因素之一，來吧，我先扶著你走三分鐘，然後你試試單獨行走，到你需要休息為止。」

二人開始站起走步，先由小哥扶著小妹繞著花園慢步走了兩圈，小哥試著鬆手讓小妹獨力走步，誰知才走幾步，小妹已感兩腿支撐不住，身體搖晃一下，小哥立即把她扶穩說：

「不必勉強，慢慢自會進步。」

二人又回鐵椅，坐下休息，未料剛剛坐定，用和即以略帶喘息的話語對用濟說：

「小哥，你昨天講回家的話，我反覆思量，覺得也不無道理，讓我再想幾天，尋求主的意旨，再作定奪，好嗎？」

用濟一聽感到小妹的思想可能已有轉圜餘地，所以即時回答說：

「不忙，你能仔細想想就好。」

回家中的「家」字，具有磁鐵般的吸引力，從呱呱墜地，人人都在母親的胸懷裡，吸奶或睡眠，這種親情不是上帝所賦予的嗎？所以現在的用和，認為想家與信仰並不衝突。

用濟推著坐在輪椅內的用和，回到病房，護士正要給病人服藥，等護士退出後，用和說：

「小哥，我看這事關係重大，哪天你去修道院拜訪一下德蘭姆姆，聽聽她的意見，因為她有決定性的權力。」

「小妹，你的想法很好，等過了這週末，下週一我就過去拜望，但我不認得路。」

「雇輛出租車就可到達。」

過了兩天，用濟服裝整齊，上午九時到達修院，傭婦通報後，囑在會客室稍候。不久德蘭姆姆從後廂出來，坐在左右白紗巾幕中間的椅內，對著用濟說：

「孫大夫早安，你一早來臨，想必為了令妹的事，只要能做天主喜悅的事，都可商量。」

孫用濟以極為尊敬的語句答道：

「感謝主的恩典，June在過去十年中，蒙主降福，也蒙姆姆的教誨，靈修上有了很多長進，過著在天主聖召下平安喜樂的日子。可惜現在不幸患病，且有生命危殆之虞，因之有了思家之念。我從萬里之外過來探視，以我是醫生的觀察，確實已到病入膏肓的地步。所以我想接她回國，讓她生命終結前，能有中國人落葉歸根、安息故土的慰藉，也所以我今日冒昧來到貴院，請問教會對修女還俗，有無限制規定？望姆姆指教。」

「June要回家，我十分不捨。還俗與否，教會確無明文限制，全由修女本人自己決定。我們將為她祈禱祝福，不論她身在何處，她永遠是個天主教徒，願她得到無愧的快樂。」

用濟站起，向姆姆鞠躬，致謝告辭。

這是孫用和生命終點前一次最大轉折！

往後將是一片空白？或將是一片燦爛？都看主的意旨。

第二十章　主恩浩蕩成全海誓山盟

用濟花了幾天工夫，策劃回國行程。他計畫可有三條路線：採陸路，也就是他來時的路線，經西伯利亞到亞洲，最為可靠。但要用和乘坐連續十多天的火車，不斷顛簸，恐非她的病體所能承受。採海路，現在戰爭已經停止，不虞德艦突襲，但歐洲各國航輪在戰時多被徵作軍用，目前尚未復員，而且航程太長，當然只能放棄。剩下唯有空線，同樣尚無固定民航班機，不過現今巴黎已成全歐交通與一切活動的樞紐，機會必然較多，自以先到巴黎等待較宜，也給用和多點休息時間。種種考慮，決定選擇空線，以之就商用和，並無不同意見，乃開始作回國的準備。

某日，用濟在探視用和之後，專程拜訪拉麗莎大夫，告知將接 June 回國之意。大夫不便反對，並表無法改善 June 的病情為憾。用濟則要求醫院拷貝一份 June 的檢查報告，以及旅程中所需的藥品，皆獲同意。

計畫既定，兄妹二人於一九四五年七月中旬自瑞典啟程，先坐航輪到法國巴黎外圍的加來港，再坐短程汽車抵達巴黎市區。一看市容已經有復員氣象，於是訂了旅館先讓用和休息。

用和身患重病，心情複雜又矛盾，不知這次旅程有多長多久，更不知自己生命何時終了。她並無恐懼，但必然也無盼望，只是一切交託在神的手中，便足安慰而已。

用濟在巴黎多方探尋，得知父親在歐擔任使節時，有位名叫威廉氏的英國人好友，在盟軍總部任顧問之職，尚未離開巴黎，於是想藉先父餘蔭，前往拜訪，試探有無搭乘軍方航空器飛往亞洲的可能，乃經朋友介紹，到盟軍總部晉訪，冀望有所幫助。

威廉氏是位有情有義的長者，在總部內素為文武官員所敬重，聽到昔日舊友的後裔要想求見，立即交代祕書人員連繫，安排見面時間。到時用濟準期前往晉謁，威廉氏聽了用濟的詳細陳述，再交代祕書聯絡交通運輸部門查詢近日內有無飛機直航亞洲，稍後祕書回報，最近每日都有飛往亞洲的航機，都有預定人員乘坐，已無空位，但一週之後，將有一架運輸機運送軍用物資由巴黎至加爾各答，現在尚無人員乘坐。威廉氏徵詢用濟同意後，即再囑咐祕書通知交通部門保留二人位置，並開發兩張登機證送交孫用濟使用。用濟喜出望外，一再致謝，然後辭出。

用和一直在旅館休息，等到用濟回來有了好消息，也為之高興。用濟建議陪她遊覽巴黎幾處勝景，但她不僅無甚雅興，體力也不勝支持，所以只能在旅館等待，以免勞累。兄妹二人對往事已經談得很多，獨獨未談趙厚仁近況如何，因為用濟於三年多前在北平會晤厚仁，得知他走遍天南地北找尋用和未果後，回到青島養息，之外再無厚仁的近訊。用和也只能默默地思想，對於未來也無任何期待。用濟從旁觀察知道小妹的難處與痛處，但也無從加以安慰。

幸好過了幾天，威廉氏果然派員送了兩張登機證到他們旅館，日期定在八月四日，上午八時起飛。到時兄妹二人趕往機場，通過多次檢查，驗明證照身分，一切OK順利登上飛機。進入機艙，一看艙內堆的全是軍械物資，既無一人乘客，也無一張座椅。用濟向機師借了兩張軍毯，放在艙邊兩塊長條木板上，作為用和躺臥休息之用。可憐重病在身的用和，在那寬度不夠的木板上，連個轉身的空間都沒有。好在航程飛行時間不過十來個小時，只好忍耐。

用濟和飛機駕駛在飛行途中聊天，知道正、副駕駛都是英國人，也很和善。他們得知用濟是位醫生，是陪伴病重的人回去中國，也分外尊重，傳遞溫水給用和作服藥之用，相處甚為融洽，正駕駛 Scott 並對用濟說：

「你們到了加爾各答，等待後續旅程，大概需要幾天時日。而我可能也要等候下個任務，你們可以和我同住一個旅館，連絡比較方便。」

用濟聽了 Scott 富於人情的話，十分感激，當就隨著他們一同到達市區入住一家堪稱高級的旅館。加爾各答曾是英國在印度殖民統治時的首府，市政建設已經稍有現代化的規模，旅客尚稱便利。

隔了二天，Scott 知道孫用濟兄妹是高層長官交代的人物，所以又對用濟說：

「就現在戰局來說，日本肯定慘敗，所以我預料不久的未來，我的任務將是飛往遠東，屆時如果你們還未確定行程，何不再乘我的運輸機一同過去。」

用濟再度稱謝，告知用和，也表欣慰。

又過二天，美軍在日本廣島及長崎投擲兩顆原子彈後，日本隨即宣布無條件投降。

Scott所言未來任務，果然目的地就是香港。一九四五年八月十六日，孫用濟及用和兄妹，坐了英軍運輸機降落在香港啟德機場，終於回到了中國的土地。（雖然那個一千一百平方公里的島嶼在一百多年前被遜清割讓英國，但從本源來說，她永遠是中國土壤。）

用濟向Scott及其同事正副機長深深致謝道別，互祝後會有期。此時香港但見人潮洶湧，滿街民眾，都在歡呼慶祝勝利，用濟兄妹先訂中環Conrad旅館休息，看著用和疲憊不堪，氣喘不停的痛苦樣子，著實心疼。正在翻閱當地當天報紙，忽見英商太古輪船公司，刊登大幅啟事，即日起恢復由香港經福州、上海、青島，至天津往返航線，心中大喜，告知小妹，並問：

「以你的意思，我們何時離港？船票訂到上海嗎？」

「我們只要訂到船票，愈早離港愈好。至於目的地，我想先到青島，再與厚仁一同回到上海，小哥你看是否合適？」

「這樣要走回頭路，不如我們到了上海，電話告知厚仁，即日去滬，這樣反可節省時間，你說好嗎？」

用和點首同意，用濟立即用電話向太古訂票。據告因赴滬乘客眾多，所以預定二天後增開一班輪，專駛上海。當下用濟訂了兩張頭等艙船票。這樣諸事已定，回家指日可待，兩人都感安心。

在港再等候二天，正好可讓用和休息，實則用濟從醫生觀點看來，經過長途跋涉，小妹的病情正在加深。

用濟看他小妹幾乎隨時都在昏昏欲睡，所以每每找些話題跟她聊天，這刻為了提振她的精神就說：

「這次你能回家最高興的人，應該是趙厚仁。你與他不告而別之後，你的身影夜夜都在他的睡夢之中。他吃盡千辛萬苦，走遍千山萬水，足跡踏過半個地球，為的都是尋找你的蹤影。因此我想，這次重逢應該早日成婚，你說對嗎？」

這句話，再次觸發了十多年來她心中的最痛，眼淚不禁撲簌而下，含淚答道：

「小哥，你最清楚我們之間感情的事。我對他的虧欠、失貞又失蹤，怎樣都無法彌補，唯有遁世一途，避開俗世一切煩惱。現在我已三十開外年齡，又染重病，怎能再談婚姻？見面時我只能為當年海誓山盟的違背，用垂危的生命來贖罪。」

用濟知道小妹的話全是真心的肺腑之言，但有一重要之點不能不告與她知：

「小妹，我在瑞典皇家醫院，看過你的全部資料，並且向拉麗莎大夫要了一份檢查報告的拷貝，其中說你的癌症已到末期，是沒有錯，不過這類病人的生命，常有意外延長很久的病例。但是我要說的是另外一點，報告中有幾個清楚明白的字眼，指明你的處女膜依然完整，這在醫學上並不排除這種可能。所以對你要把童貞只給厚仁一人的誓言，並無妨礙。」

用和長嘆一聲：

「這些都是已往的事了。」

二天後，他們回到了上海，雇了雲飛出租車直駛愚園路，一路上看到青天白日滿地紅國旗滿街飄揚，頗感興奮。到得家中，景物依舊，但人事全非。大媽因腦溢血中風，癱瘓在床有時意識不清。五姨太也就是用和的母親，面黃肌瘦，顯得非常蒼老。六哥用平兄嫂，因六哥棄學從商，經常去外地出差，所以僅有六嫂一人經常照顧大媽。至於傭僕大多均已遣散，僅剩老園丁不捨離開，每日上午必來清掃庭園，也是替他們看守門牆。冷落的孫府，感覺不到抗戰勝利的氣氛。

用濟用和回家，最高興的自然是用和的母親。母女十多年分離，一朝相見，自是興奮喜樂，兩人擁抱飲泣，久久不已。但當母親知道女兒身患重病，頓時憂心忡忡。所謂悲歡離合，恐怕剩下的只僅「悲離」兩字，因之母女緊緊擁抱互不鬆手。直到用濟說明又一驚訊，大家再度陷入恐慌之中。

原來用濟到家之後，第一件要辦的大事，就是連絡青島的趙厚仁，盼望他立即來滬。那知他撥了兩次電話，無人接應，過了幾分鐘，再打第三次電話，鈴聲響了很久，終於有人答話，乃是嶗山小築老管家王福的聲音。王福一聽是孫府少爺的電話，於是一五一十把厚仁與山口決鬥、把山口擊倒致死，然後日本憲兵隊把厚仁少爺抓去嚴刑拷打，身受重傷，幸好不久日本鬼子投降，他把少爺從日軍憲兵隊領出，送到青島市醫院包紮療傷。但少爺堅持回家療養，還把門戶全開，說要等一個人回來。現在少爺全身傷痛，根本動彈不得，當然更不可能要去上海。

用濟把王福的話告知大家，所有人無不大為吃驚，最憂慮的自然是用和。她清楚厚仁與那日本軍曹毆鬥，乃是為她復仇，於是立刻就說：

「我要馬上前去青島，小哥，請你再陪我走最後一程，好嗎？」

「小妹，你帶病剛從長途旅行歸來，怎能馬上出門又去青島？至少你得待在家裡休息三天，然後我再陪你前去。這是我這醫生的決定，必須照辦。而且我在電話中已經把全部情形告知王福，說明三天之後，我們會到嶗山。」

「那你的假期不是馬上就滿了嗎？」用和問：

「不用擔心，我在香港已經發電協和醫院續假一個月了。」

三天之後，用濟、用和兄妹坐太古輪船，抵達青島。用濟未曾來過，但用和則是二次蒞臨，所以一出碼頭，小妹就請小哥雇了一輛出租汽車，吩咐司機直駛嶗山。行程中看到青島清潔市容，想見政府復員工作做得不錯。再又經過上次坐馬車時路旁一所福德神廟，也想到抽了下下籤的懊惱，然而這次用和抱病而來，沒有精神回憶那些往事。不久汽車駛抵小築外圍道路，用和對用濟說已經到了，於是車輛停住，小哥扶著小妹下車，一眼看到王福正在掃地，王福也已看到有客光臨，連忙甩了掃把，迎向前去說道：

「想必是孫府少爺、小姐到了，我家趙少爺正是日夜等待著呢。」

孫用濟一邊扶著小妹，一邊問王福：

「怎麼你們這個小築門戶大開？」

「不瞞您說，我家少爺從三年多前回到這裡，第一件事吩咐我的就是要把房屋門戶統統打開，不得關閉，直到今天我才明白，是要等待嘉賓光臨。前天又叮囑我，即刻去青島市買一張像他所睡一樣的病床，放置在他房內，與他的病床並行排列，中間寬距不得超過一臂，等會您們就可看到。」

王福的話，每句每字，直刺用和心坎，讓她雙腿疲軟，立刻蹲倒在地。於是用濟與王福趕緊把她抬起，暫放客廳沙發躺下休息。裡面厚仁聽到聲音，知道用和來到，想從床上勉力撐起，但力不從心，復又倒在床上，王福見狀立即過去幫他睡平。

此時乃是一對情侶分離十餘年後，初次在他們海誓山盟聖地再度相逢，彼此都想相互投入懷抱，但都因兩人病體孱弱而不可得。只見兩人淚流滿面，讓用濟看得心酸不已。

終於厚仁交代王福，請用濟扶助用和躺到旁邊她的病床，如此兩人隔床相晤，可以不再相思，不再等待，結束十年來的失望、苦痛生涯。但當他們四目相視時，彼此震驚得猶似地動山搖，他們眼中看到的對方，都是形容枯槁，幾至不能相認，以致兩人一同放聲大哭。

用濟急忙勸慰，用較輕鬆的語調說：

「多年不見，如今重逢，乃是極大好事，你們不是在這兒海誓山盟的嗎？我還想看你們結婚大喜呢。」

兩人不但沒有破涕而笑，反因想到歷盡劫難而更感傷。現在二人生命面臨危殆，豈能再作任何奢望，所以雙雙飲泣不語。用濟則鐵定要給他們完成婚事，於是又說：

「人類生命最重要的因素是愛，《聖經》上也明示愛的重要性超過信與望。你們二人是我所見過最真誠相愛的一對伴侶，你們的結合，將會豐富你們最後一段生命，不論多長多久，都是上天賜的幸福，希望你們不必再有猶豫。」

厚仁與用和雖然都已病入膏肓，但兩人意識都很清楚。他們二人隔著病床，左右二手一直緊握的十指，只是互相按捺一下，並未表示可否。然而在用和心中對世俗的婚姻有無，皆不在意，但不想明言，所以依然有氣無力地說道：

「我仍是修女，豈能結婚？」

用濟立即回答：

「這一點我在瑞典已和德蘭姆姆談過，教會對修女還俗，並無明文規定限制，還俗後的修女可以自由作主做任何決定。你現在就是還俗修女，可以自由作主。雖然德蘭姆姆也說，教會當然並不鼓勵還俗事件的發生。小妹你是因病還俗，應可不必太多顧慮。明日我去青島天主教會，晉見主教，作最後的商定。你們兩位都同意這樣處理嗎？」

用和又問：

「小哥，你說瑞典皇家醫院給我做的檢查報告書，說明我的童貞完好，真有這樣的文字嗎？」

「當然有啊，我還向皇家醫院要了一份拷貝作證。」

用和聽了無語，厚仁臉上卻有些微笑。此時小築聘請的特別護士周小姐持了兩位病人須服的藥物和兩份營養品進房，預備給病人服用。孫大夫順便檢閱一下後交還給護士，周小姐又補充一句：

「孫大夫，王福管家等候著您用晚餐呢。」

兩位病人服藥及進用營養食品後，周小姐說：

「你們二位必已很累了，請好好歇息。」

厚仁與用和二人，雖然自小恩愛，但從未同一臥房。現在二床相隔不到咫尺，而且兩手相攜，享受從未有過的甜美，心存感恩，不免都有激動，以致呼吸稍感困難。用和四肢伸縮，猶較厚仁略佳，緊急按鈴，護士周小姐忙著給二位病人輸送氧氣，情況得稍緩和。

自此以後，兩人病體日益衰弱。用濟須先回北平銷假，並允週末再來，二位病人的對話，也變得愈來愈少。已入初秋的嶗山小築，沉寂得有些漠漠如煙，迢迢如水的淒涼。驟然某日清晨，用和的右手，輕輕搖動了厚仁的左手，含淚說：

「厚仁哥，你長我二歲，我們生不同辰，但可死於同時，豈不很美？」

「我也這樣想，我們生不同衾，但死可同塋，一樣是件美好的事，於願已足。」厚仁雖用幾乎顫抖的聲音回答，但顯然二人意願一致。

接著用和再以更低的語音說：

「還記得嗎？我們在嶗山的懸崖峭壁，面對海洋所作的誓言？」

「當然記得，否則我怎能千山萬水到處尋你？」厚仁回答的聲音低得幾乎不能聽聞。

「可是我們現在彼此已在身邊，應可無憾。」

厚仁聽了此言，很想再哼幾節他的〈大地〉歌，但中氣不足只好作罷。此時用和見牆角床邊有隻老舊的吉他，也想拿來彈奏她的〈星空小夜曲〉，同樣也是力不從心，徒感奈何。

用濟果然在週末又從北平來到青島，告知已請青島天主教堂彼得神父為他們主持婚禮，日期就在明日禮拜天的上午。

次晨彼得神父一早就到嶗山小築，進入病房，護士小姐已給他們換了新的睡衣睡袍，並用枕頭和軟墊，勉強支撐他們在床上有個半坐的姿勢。彼得神父用最簡單的方式，先把二人牽著的雙手放在一本《聖經》書上，然後以莊嚴的態度問道：

「親愛的Howard，你已決心在天主的仁慈和恩賜下，接受主耶穌基督為你所作的選擇，娶聖潔的June為妻，永恆不變嗎？」

「是的。」厚仁撐足了精神作了肯定的回答。

神父又對著另一張病床上的女子問道：

「親愛的June，你是永遠思念愛慕神的天主教徒，今天在父神的恩佑下，讓你成為Howard的終生伴侶，你願意嗎？」

「我願意。」June同樣以虛弱而肯定的語句回答。

主教宣告，Howard Chao與June Sun成為夫妻。

一對自幼相愛的情侶，在萬般折磨而又堅貞不渝的執著下，蒙神的庇護，終於成為眷屬。

在場的孫用濟、護士周小姐和老管家王福三人都為一對佳偶至誠祝福，也為他們生命不久即將終結而暗自流淚。

第二十一章　羽化登仙、仁和福地

新婚之夜，沒有一點浪漫和喜樂的氣息。可是背後卻隱藏著一股類似殉情的悲壯、飽受愛情的冤痛。時值半夜，只存奄奄一息的新娘，卻向隔床也僅有最後一口氣的新郎說：

「厚仁哥，剛才我在迷夢中作了一首詩，我想背給你聽。」

新郎則因肺氣腫，呼吸困難，根本未能入睡，聽到用和跟他話說，立即勉力回答：

「好啊，不過要慢慢地說，不要費力。」

於是用和背她夢中的詩：

十年生死兩茫茫，

勞燕分飛空憂傷。
還君完璧雙淚垂，
不堪回首嘆滄桑。

厚仁聽了淚流不止，鼓起精神，但聲音更微弱說：

「也許這是命中註定，天下情人千千萬，那有如此被摧殘。但我要特別感謝你對我的情深義重，我也想答你一首詩，可以嗎？」

「當然好囉，但你有力氣說得動嗎？」

「我想可以勉力為之。」厚仁思索一下後說：

上窮碧落下黃泉，
歷盡劫波難相見。
青梅竹馬恩緣在，
哪怕鴛侶不成仙。

兩人勉力掙扎，以他們向來非經典的談情方式，用詩道出十年相思悲苦，最後都已無力再能說話，留下的仍是一片沉寂。亦悲亦喜的氛圍，一直停滯和徘徊在嶗山小築的淒涼空間。

青島市立醫院的田大夫，依例每個星期日自願出診嶗山小築，為厚仁診病，惟因病人受傷太重，加上肺部積水，病情益發嚴重。現在又加上一位癌症末期的女性病人，明知都已無藥可救，看診也僅聊盡人事，稍減病人的痛苦而已。

這天是一九四五年九月的第二個星期日，田大夫剛到嶗山小築，正好遇到孫用濟從北平過來，兩位大夫一同進入屋內，首先看到護士周小姐正在忙著用氧氣為二位病人急救，見到二位大夫進屋，立即大聲說：

「二位病人都有緊急狀況，請快來救治。」

田、孫二位大夫馬上趨前察看，二位病人幾乎同樣氣若游絲，已到油盡燈枯地步，也同樣平和安詳地閉著雙眼，並無痛苦跡象，顯然蠟炬都已淚盡成灰，再無挽救可能。二位大夫分別按著病人脈搏，同時注視病人鼻息。不到一分鐘，二位大夫一同說道：病人已無生命，趙厚仁與孫用和已經同時死亡！

此時嶗山上空彤雲密布，突聞一聲雷鳴似的巨響，天門大開，光芒四射，出現與主耶穌基督在約旦河受洗時同樣的開天異象。接著從叢林中，躍出一對稀有的白頭雁鳥展翅，比翼雙飛，快樂地愈飛愈高愈遠，終於飛出視界之外。

趙厚仁與孫用和真純成摯的愛情境界，早已超乎形骸物慾之上，遠非一般飲食男女可比，乃能感動上蒼，雲煙飄渺，羽化登仙，做到以出世之心，成全不朽的心願，豈非神奇。

這神奇的事，卻有幾個巧合：

一、用和在瑞典皇家醫院的病房號碼４５９，似有不吉的預兆，隱指一九四五年九月，將是用和生命終了的時間。

二、一九四五年的九月九日，正是日本侵華軍總司令岡村寧次向中國陸軍何應欽上將遞呈投降書的日子，也是日寇猙獰面貌終結的日子。

三、同一天，同盟國中國戰區總指揮官蔣中正委員長發表聲明，宣示將依基督教《聖經》所示「愛敵如友」的基督徒精神，用「以德報怨」的寬大政策，對待宿敵日本。

中日戰爭經歷八年，中國人民犧牲千千萬萬，從此中日兩國間的國族讎恨一筆勾消。

東亞和平在望，似乎露了一些曙光。對當年熱烈參加抗日愛國運動的一對青年情侶或可稍慰他們的英魂。

孫用濟從厚仁病床枕頭下發現一張紙條，上書：

拆除小築，改建為仁和福地。

用濟依其遺願，在原址上規劃改建了一個園地，把用和與厚仁合葬在一座外表看來是愛心型的壙穴，上立一座金色十字架，四周花卉林木，倒像一個精緻的小花園。這是厚仁與用和長眠永息的處所，後來成為觀光的勝地。

最遺憾的是永眠福地的兩位生母，始終未能親臨憑弔。

後語

本書故事中男女情侶趙厚仁與孫用和的淒涼結局，於焉終止。讀者朋友，到此掩卷，不免長吁一嘆！

但真實的歷史，在二十世紀前半葉，日本軍閥的侵華戰爭造成中國同胞家破人亡、妻離子散者，何止千萬；其中青年情侶慘遭良緣破滅，甚至喪失生命者不計其數。那股冤魂奏出的哀歌，又豈能「以德報怨」四字所能掩沒？

本書作者，親歷那個殘酷的時代，目睹或耳聞在戰亂中無數戀人的生離死別，不勝枚舉。願借本書向他們致以沉痛的哀思和悼念。更願天下有情人終成眷屬！

——終——

【跋】

觀看《嶗山悲歌》的一種方式

林黛嫚

閱讀《嶗山悲歌》時，我同時在讀一本書和追一齣劇。《你的孩子不是你的孩子》內容敘寫的是被綁架的家庭故事，九個故事都有一個標題，目錄頁的標題下精選一兩句關於這章故事的小提示，章節頁除了章名還有一幅素描插圖，為讀者架構關於這一章節的想像，編輯與出版社為這本書增添了許多讓讀者更感興趣的設計。我追的那齣劇，劇名很有意思，《雖然是精神病但沒關係》，講的是在「沒關係精神病院」當護理師的男看護為了照顧他高功能自閉症哥哥，不斷壓抑自我，承擔巨大的壓力。後來遇上在變態母親陰影下成長的童書作家，三個受傷的人不打不相識的過程中，治癒彼此內心深處的傷痛。這齣高收視率的韓劇除了精彩的劇情，還穿插許多觀眾熟知的童話故事以及繪本。

因為科技發展，社會的變化很大，這種變化可以是豐富、繽紛、多元，也可以說是複雜、累贅、多餘……。從前我們的閱讀雖然有限但一致，讓我們有共同的語言，現在這個閱讀分眾、文學小眾的時代，各式各樣的文學作品要如何去找到契合的讀者，考驗著我們的作者、讀者與編者。

初讀本作，並沒有懷抱期待，書名很傳統（發生在嶗山讓人悲嘆唏噓的故事），取材不特別（青梅竹馬的一對男女堅貞的愛情故事），內容沒有懸念（相愛的戀人歷經生命波折最終雖遇合卻也結束生命），路線中規中矩（從主角初識襁褓中的女孩與三歲男孩一笑結緣，長大後相知相惜，直到女主角遇劫兩人分開，男女主角歷經千辛萬苦最終相遇卻傷病相偕以終），表現手法平實平淡，然而展卷閱讀之後，卻從那平實平淡的表現手法中咀嚼出一股甘味。

祖詒先生年歲已過百齡，本作出版後將是打破世界最年長文學創作者的紀錄，雖然作者自己也謙稱「作品的良窳不在作者的年齡」，然而每位創作者總期待創作之路源遠流長、與時俱進，張祖詒先生在老病中仍堅持創作的精神值得讚嘆。

曾為政務官的張祖詒先生，上一部長篇小說《寶枝》出版時，筆者寫了一篇書介，時過六年，祖詒先生又交出了這部《嶗山悲歌》，當時筆者介紹《寶枝》時的文字，有些內容拿來介紹《嶗山悲歌》，似乎並不違和。譬如「作者成長學習階段的閱讀，受當時坊間流行的社會言情小說影響，將愛情故事置於一個寫實的社會面相之中，在娓娓訴說男男女女悲歡離合的故事時，間接地展露時代生活面貌」，這就是社會言情小說，《寶枝》可如是看，《嶗山悲歌》也可如是看。

《嶗山悲歌》是一部時代戀曲，時代是民國初立、混亂不堪的階段，兩個顯赫官宦世家的後代趙厚仁和孫用和因一笑結緣，長大後又在中學相遇，因著共同對文學的喜好滋長愛苗。隨後在世局動蕩中相偕赴美求學，計畫中的人生是厚仁攻讀建築，用和在音樂學院主修鋼琴，待兩人的學業完成後即結成連理。性情良善堅定守著愛情誓約的這對戀人，卻因為用和被一位日籍流浪漢侵犯而生變，對貞潔執著的用和自覺身體汙穢不堪無法再與厚仁匹配，自殺獲救後便遠離傷心地美國，去到瑞典並成為奉獻天主的修女。這曲悲歌敘寫的是相愛的兩人被命運播弄，厚仁走遍各地尋找用和，卻都擦身而過，直到用和病重、厚仁也被曾傷害用和的日人重傷，飽受相思悲苦的兩人臨終時在神父的祝福下成為神仙眷侶。

誠如筆者前段所述，在目前各種題材精奇、製作新穎的故事才能滿足閱聽大眾的時代，我們如何觀看《嶗山悲歌》這樸素平實的作品？文學創作並非祖詒先生專擅的長才，但他以百年所見所聞為讀者再現大時代裡的兒女情長，不僅讓讀者認識在混亂世局中仍堅持信念的青年人，而且讓讀者理解百年之前的人們如何克服困難追求理想，《嶗山悲歌》正是這樣以純情記錄愛的歡愉與時代背景的悲歌。當病毒以君臨門下之姿侵入我們原有的生活時，回到簡單純粹的情思與生活方式，也是一種選擇。

（本文作者為作家、淡江大學中文系副教授）

國家圖書館出版品預行編目資料

嶗山悲歌 / 張祖詒著 .
-- 初版 . -- 臺北市 : 聯合文學 , 2021.6
312 面 ; 14.8×21 公分 . -- (聯合文叢 ; 679)

ISBN 978-986-323-388-6 (平裝)

863.57　　　　110009035

聯合文叢 679

嶗山悲歌：國族讎恨下一對情侶淒涼結局的故事

作　　者／張祖詒
發 行 人／張寶琴

總 編 輯／周昭翡
主　　編／蕭仁豪
資深編輯／尹蓓芳
編　　輯／林劭璜
資深美編／戴榮芝
業務部總經理／李文吉
發行助理／林昇儒
財 務 部／趙玉瑩　韋秀英
人事行政組／李懷瑩
版權管理／蕭仁豪

法律顧問／理律法律事務所
陳長文律師、蔣大中律師

出 版 者／聯合文學出版社股份有限公司
地　　址／(110)臺北市基隆路一段 178 號 10 樓
電　　話／(02)27666759 轉 5107
傳　　真／(02)27567914
郵撥帳號／ 17623526 聯合文學出版社股份有限公司
登 記 證／行政院新聞局局版臺業字第 6109 號
網　　址／http://unitas.udngroup.com.tw
E-mail:unitas@udngroup.com.tw

印 刷 廠／沐春行銷創意有限公司
總 經 銷／聯合發行股份有限公司
地　　址／(231)新北市新店區寶橋路235巷6弄6號2樓
電　　話／(02)29178022

出版日期／ 2021 年 6 月　初版
2021 年 10 月 12 日　初版第二次
定　　價／ 380 元

ISBN 978-986-323-388-6 (平裝)